Feldhaus

Quinn & Spencer

Zwei Checker, kein Plan

© privat

Hans-Jürgen Feldhaus, 1966 in Ahaus (Westf.) geboren, hatte immer irgendwie mit Hunden zu tun. Zuletzt mit einer mächtig eingebildeten Hundelady namens Stella, die ihm eines Tages in Münster über den Weg tippelte und dann auch einfach bei ihm blieb. ... also meistens blieb sie. Weil abgehauen ist sie dem Feldhaus auch öfter mal. Öfter mal auch gerne nachts. Da hat sie was mit Spencer gemeinsam. Was jetzt nicht der ganz große Zufall ist, weil Stella und Spencer sind Geschwister ... oder könnten welche sein. Auch Stella wuchs an einem Strand in der Türkei auf. Und das hat sich der Feldhaus ausnahmsweise mal nicht ausgedacht!

Was der in Münster lebende Autor und Grafiker Feldhaus sich sonst so alles ausdenkt, findet sich auf seiner Homepage www.hjfeldhaus.de

Feldhaus

Quinn & Spencer

ZWEI CHECKER, KEIN PLAN

dtv

Ausführliche Informationen über
unsere Autoren und Bücher
www.dtv.de

Von Feldhaus sind bei dtv junior außerdem lieferbar:

Echt abgefahren!

Echt krank!

Echt fertig!

Echt durchgeknallt!

Echt fett!

FSC www.fsc.org
MIX
Papier aus verantwortungsvollen Quellen
FSC® C013736

Originalausgabe

Umschlag- und Innengestaltung: Hans-Jürgen Feldhaus
Gesetzt aus der Thesis, Schriftfamilie: TheSans
Satz: Hans-Jürgen Feldhaus
Druck und Bindung: Druckerei Kösel, Krugzell
Printed in Germany • ISBN 978-3-423-76138-3

Teil 1

1 } Quinn

... shit! Das ist nicht gut! Gar nicht gut!

Weißt du, ich bin der Typ, der immer alles unter Kontrolle hat. Ein Macher, ein Checker. Da kannst du auch jeden fragen. *Jeden!* Also für den Fall, dass du jetzt gerade in Liverpool bist. *Da* könntest du jeden fragen und ich garantiere dir: Du kriegst immer dieselbe Antwort. *Quinn Taylor?* Na klar. Der ist ein Macher, ein Checker. Großartiger Typ, der Quinn! *Ganz* großartig!

... außer Mrs Miller, meine Lehrerin. Die solltest du vielleicht *nicht* fragen. ... und Thelma. Die bitte auch nicht. ...und Brian, Jason, Naomi, David, Mr Cooper vom Jugendamt – *ganz besonders* Mr Cooper vom Jugendamt – ***nicht*** fragen!!! Da kriegst du eh keine vernünftigen Antworten. Und im Falle von Mr Cooper ist es nicht unwahrscheinlich, dass er dir direkt einen Briefbeschwerer an die Birne wirft, sobald du überhaupt meinen Namen erwähnst, weil er denkt, dass du ihn ärgern willst. – Mr Cooper also und die *paar* anderen Leute also auch: ***Nicht*** fragen!!! Macht keinen Sinn.

Aber sonst? Jeden, also *fast* jeden, könntest du in Liverpool nach mir fragen, für den Fall, dass du gerade dort bist. – Weil da lebe ich. In Liverpool, England also. *Normalerweise* lebe ich dort. Und weil die Dinge aber zur Zeit eher *unnormal* laufen, lebe ich in Deutschland. Mittendrin in einer mickrigen Stadt namens *Gotingen* oder so – frag mich nicht.

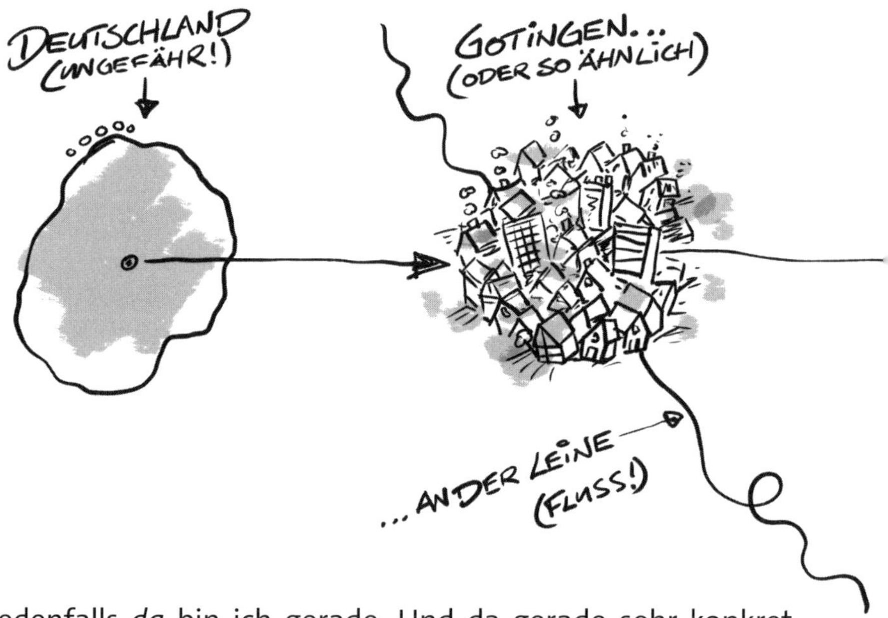

Jedenfalls *da* bin ich gerade. Und da gerade sehr konkret auf einem Balkon einer zugemüllten Wohnung im fünften Stockwerk eines sehr hässlichen Mietshauses.

Es ist ein klein wenig frisch hier oben und es zieht, und die Tatsache, dass ich nur noch einen Schuh anhabe, macht die Angelegenheit nicht unbedingt komfortabler. Nicht so günstig ist auch, dass ich diesen Balkon nicht ohne Weiteres verlassen kann, weil die Balkontür zugeflogen ist und ich momentan keine Idee habe, wie ich sie wieder aufkriege, weil diese verdammte Balkontür auf dieser Seite keinen Griff mehr hat, mit dem ich sie wieder öffnen könnte. *No Chance.*

Auch eher ungünstig ist, dass *in* der Wohnung niemand ist, der mir die Tür mal eben von innen wieder öffnen könnte.

... außer *Spencer.* Aber der ist einfach zu blöd dafür. Muss man mal ganz klar sagen. Spencer sitzt nur doof in der Wohnung rum, guckt mich hin und wieder durch die Scheibe an, wenn er nicht gerade an seinem Pimmel rumspielt. – Ekelhaft!

... vielleicht sollte ich dir an dieser Stelle doch mal kurz erklären, wer Spencer ist – oder genauer – *was* Spencer ist. Das ist sonst sehr missverständlich alles.

Spencer ist ein *Hund*. Ein *Rüde* eben. Die können an sich rumspielen. Das ist ganz normal für die. ... trotzdem ekelhaft!

Spencer, der Hund, fällt als Türöffner also definitiv aus. Als Tür*stopper* ist dieser kleine Bastard ja top, das kann ich dir sagen, aber ...

... das ist ein anderes Thema. Da komme ich dann später vielleicht noch mal drauf zurück.

Thema ist: Da drinnen, in dieser Wohnung eben, ist nichts, was intelligent genug wäre, um diese gottverdammte Balkontür zu öffnen. Und für den Fall, dass jemand reinkäme in die Wohnung, müsste ich mir ganz schnell einen *Plan B* einfallen lassen, bevor mich dieser *Jemand* auf dem Balkon entdeckt. Weil ich diesen *Jemand* kenne. Er heißt Albert Kretschmann und der ist in etwa so intelligent wie ein Wellensittich. Aber selbst Albert Kretschmann dürfte peilen, dass ich hier absolut nichts verloren habe. Weil es *seine* Wohnung ist. Ganz klar *nicht* meine. Ich bin hier nur eingebrochen. Zusammen mit Spencer. Was Teil des Plans war. – *Plan A*, wenn du so willst. *Plan A* hatte aber eine ganz empfindliche Schwachstelle. In Form einer zugeflogenen, gottverdammten Balkontür ohne Griff.

Nicht gut! Gar nicht gut! Shit!

... gut möglich, dass du dich nun fragst: Hey, wie kann das sein? *Quinn Taylor.* Das ist doch der Macher, der Checker, der Typ, der immer alles unter Kontrolle hat. Warum sitzt *so einer* ziemlich unplanmäßig in *Gotham* – oder so ähnlich – herum, mit nur einem Schuh an, auf einem verdammt zugigen Balkon einer zugemüllten Wohnung im fünften Stockwerk eines sehr hässlichen Mietshauses? Warum ist der nicht da, wo ich bin ... oder *sein könnte* – in Liverpool eben?

Sehr gut möglich, dass du dich das fragst, und für den Fall, dass ja, müsste ich dir antworten: Die Frage ist falsch gestellt!

Die Sache ist kompliziert!

Schuld daran ist mein Dad ... oder Mr Cooper. Du weißt schon: der Typ vom Jugendamt. Was aber irgendwie jetzt auch nicht ganz fair wäre, dem die Schuld allein in die Schuhe zu schieben, weil der war jetzt einfach nur mal sauer auf meine Mum. Wegen der Heftklammer logischerweise. So gesehen: Eine Heftklammer ist schuld!

... ich sag ja, es ist kompliziert!

2 } Spencer

Mein Gott, du bist ja soooo dämlich. **... DÄMLICH! DÄMLICH! DÄMLICH! ... DÄMLICH!** So dermaßen dämlich bist du, dass mir jetzt glatt die Worte fehlen, um klarzumachen, für *wie* dämlich ich dich halte!

... sorry! Meinte nicht *dich*. Ganz klar, nein. *Dich* kenne ich ja auch gar nicht. Und selbst wenn doch, würde ich immer noch denken, dass du unmöglich *noch* dämlicher sein kannst als dieser Spacko da draußen, der mich dämlich anglotzt, dämlich gegen die Scheibe klopft, weil er irgendwas von mir will. – Das nervt. Ich bin beschäftigt, Mann.

... und überhaupt: Ich habe *null* Ahnung, was die ganze Scheiße hier soll.

Da sitze ich gerade noch doof in diesem Scheißtierheim rum, wo ich so was von gar nichts verloren hab, und dann kommt dieser enddämliche Spacko, holt mich raus und was macht dieser, dieser, dieser ... *Spacko*? Er setzt mich *hier* rein, in dieses Loch, wo ich noch weniger als gar nichts zu suchen habe. Mein Gott, wie dämlich! – Erst nachdenken, dann machen! ... Penner!

... Sache ist: Ich habe hier ganz allgemein grundsätzlich *null* verloren. Hier in *Schland* eben oder wie das heißt. Ist einfach nicht mein Ding. Zu nass, zu grau, arschkalt dieses ... *Schland*? ... heißt das so? Ich weiß grad nicht. Ist ja auch egal, wie das hier heißt. Ich gehör hier einfach nicht hin und ... ***Punkt!***

Allgemein grundsätzlich sieht die Sache nämlich so aus, dass ich – Spencer – nur was an einem Strand verloren habe. *Da* gehöre ich hin. An einen *türkischen* Strand! Dass das auch mal klar ist. Mit Sand und Meer und dem ganzen Krempel drum herum.

... Türkei! *Da* gehöre ich hin.

Und für den Fall, dass du jetzt auch noch wissen willst, wie ich hierhergekommen bin: Frag mich bloß nicht!

3 } Quinn

Goethe ist schuld! Du weißt schon: der Dichter. *Heinz-Wolfgang von Goethe* ... oder so ähnlich. Jedenfalls: *Der* ist schuld, dass ich jetzt hier in ... *Goethingen (?)* abhänge! Also jetzt auch nicht hundertprozentig persönlich schuld, weil der Mann ja auch schon lange tot ist. Seit über 100 Jahren oder 500. Was weiß ich, wann bei dem die Lampen endgültig ausgegangen sind. *Was* ich weiß, ist, dass der gute, alte Reimefürst eben einen Haufen Gedichte geschrieben hat. 3000! Kein Witz! Das kann ich dir deshalb ganz genau sagen, weil bei uns zu Hause in Liverpool in der York Street 15 ein fetter Sonderband im Bücherregal rumsteht, wo sie alle drin sind, die 3000 Gedichte. ... korrigiere: ein fetter Sonderband rum*stand*, nicht *steht*. Weil das Haus in der York Street 15 in Liverpool ja jetzt komplett leer ist. Oder es wohnen sehr wahrscheinlich andere Leute drin. Keine Ahnung.

Fakt ist: Da, wo jetzt sehr wahrscheinlich irgendein hässlicher Scheiß von irgendwelchen fremden Leuten rumsteht, stand vor gar nicht allzu langer Zeit noch ein Bücherregal und da war neben vielen, vielen anderen Büchern eben auch der Gedichtband vom Goethe drin. Original auf Deutsch. Und wenn einer von uns Taylors nur gewollt hätte, hätte den jeder von uns locker lesen und sogar verstehen können, weil bis auf Dad sprechen alle bei uns diese lustige Wurschtel-Sprache ... also *Deutsch*. Was jetzt nicht die ganz große Kunst ist, weil Mum hat es uns beigebracht. Weil Mum Deutsche ist ... oder *war*. Was weiß ich, wie man das korrekt ausdrückt. Vielleicht: *Engländerin mit deutschen Wurzeln? ... Wurzeldeutsche? ... Wurschteldeutsche?* Und was bin *ich* dann? *Engländer mit deutscher Wurschtel-Vorgeschichte?*

Ich weiß nicht, wie man das amtlich korrekt sagt. Sagen kann ich, dass meine Mum eben in Deutschland aufgewachsen ist. Und dann hat sie Urlaub in England gemacht und ist dann gleich dageblieben. Weil sie Dad dort kennengelernt hat.

Anyway: Ich persönlich bin ganz klar in England aufgewachsen. In Liverpool. In der York Street 15, wo ich die 13 besten Jahre meines Lebens verbracht habe. ... oder 12 oder 14. Da sind sich meine Eltern nicht ganz einig, was mein Alter angeht. Das muss man verstehen. Bei insgesamt sieben Kindern, die sie in die Welt gesetzt haben, kann man schon mal durcheinanderkommen mit den Geburtsjahren. Und dass Dylan und Robert, meine älteren Zwillingsbrüder, irgendwann, als sie noch kleiner waren, ein Lagerfeuer im Wohnzimmer entfachten, macht die Bestimmung meines exakten Geburtsjahres nicht unbedingt leichter. Eben weil sie zur Lagerfeuerentfachung pfiffigerweise meine Geburtsurkunde benutzt hatten.

Sicher ist: Unter den sieben Taylors bin ich das Mittelfeld. Vor mir drei, nach mir drei. Mittelfeld eben. Aber nur, was das Alter betrifft. In Sachen Genialität stehe ich bei uns selbstverständlich an der Spitze und dann kommt erst mal lange nichts. Auch da kannst du jeden fragen.

… na ja, außer Dylan, Robert, Helen, Elizabeth, Floyd und Margaret – also meine kompletten Geschwister eben. Die sind alle verrückt und die würden dir sowieso nur Bullshit über mich erzählen.

… meine Eltern könntest du fragen! Die sind zwar genauso verrückt wie meine Geschwister, aber Mum und Dad würden dir jedenfalls keinen Bullshit über mich erzählen … denke ich.

… ich denke, dass du auch meine Eltern nicht nach mir fragen solltest. Wäre momentan eh etwas schwierig, weil die momentan – wie soll ich sagen – einfach auch verdammt schwer zu erreichen sind. Wenn du so willst: aus beruflichen Gründen. Was *Dad* betrifft. Bei *Mum* sieht die Sache anders aus. Da heißt der Grund *Goethe*, aber …

… da komme ich dann gleich noch mal drauf zurück.

Dad ist … *war* Geschäftsmann. Also im *weitesten Sinne*. Ich weiß nicht, wie ich dir *das* wieder erklären soll, aber ich sag mal so: Dad hat Dinge verkauft. Sehr große Dinge. Er hat sehr reichen Leuten sehr große Dinge verkauft. Das bringt es irgendwie wohl auf den Punkt.

Der Punkt ist aber auch: Diese sehr großen Dinge, die mein Dad sehr reichen Leuten für sehr viel Geld verkauft hat, gab es gar nicht. Also, wenn man das jetzt mal *ganz, ganz* eng sehen will, könnte man sagen, dass mein Dad diese sehr reichen Leute übers Ohr gehauen hat. Aber du musst mir glauben: *Jeder* von denen hat ja praktisch darum gebettelt, meinem Dad einen Haufen Kohle in die Hand zu drücken. Die haben sich immer wie bescheuert gefreut, wenn sie mit ihm Geschäfte machen durften. Das hat sich einfach rumgesprochen in Liverpools nobler Gesellschaft. *Magic Taylor* nannten sie ihn. Womit sie, ohne es zu ahnen, den Nagel auf den Kopf getroffen haben: Dad konnte mit Geld zaubern.

Aber immer nur in eine Richtung. Also *wegzaubern* konnte er es. Aber Dad hat die Kohle ja auch nicht nur so zum Spaß rausgehauen. Schließlich musste er uns ja auch irgendwie versorgen. Mit dem Allernötigsten. Also mit iPads, Laptops, Smartphones, vernünftige Fernseher für jedes Kinderzimmer. Das kostet ja auch alles. Wobei man sagen muss, dass mein Dad insbesondere bei den Fernsehern echt sparen konnte, weil wir ja auch nur drei Kinderzimmer haben … *hatten.* Weil das Haus in der York Street 15 eben auch nicht besonders groß ist. Was meint, dass ich mit Margaret und Floyd ein winziges Zimmer teilen musste. Ich sag dir, das war echt hart! Was aber wiederum eine komplett andere Geschichte ist, die ich dir vielleicht später noch erzählen werde. … ich hab ja gerade mal echt Zeit.

However: Dad konnte bei den Fernsehern echt sparen, weshalb er sich dann selber auch mal was gegönnt hat. Zum Beispiel einen angemessenen Subwoofer für das Autoradio in seinem kleinen Zweisitzer … dem *Jaguar* also.

Und das bisschen Geld, was dann noch übrig blieb, hat er natürlich meiner Mum gegeben, damit die sich ein paar ordentliche Anziehsachen kaufen konnte. Lederröcke, vernünftiges Schuhwerk mit hohen Absätzen, das Dutzend Sonnenbrillen ... was Frauen halt so zum Leben brauchen.

Oft musste meine arme Mum weit reisen, um an diese Dinge ranzukommen. New York, Rio, Tokio ... Mum war wirklich verdammt viel unterwegs. Jetzt natürlich nicht mehr.

... wegen Goethe und seiner Gedichte eben.

In short: Es ging uns ganz gut! Und wenn es uns mal nicht ganz so gut ging, weil Dad mal wieder pleite war, hat er einfach sehr reichen Leuten sehr große Dinge, die es gar nicht gibt, für sehr viel Geld verkauft ...

… bis Dads Geschäfte eines Tages voll aufflogen. Aber so was von voll. – Ziemlich genau vor vier Monaten. An einem Sonntag war’s.

Da saßen Dylan, Robert, Helen, Elizabeth, Floyd, Margaret und ich zusammen mit Mum und Dad im Wohnzimmer vor dem gigantischen Familienfernseher. Nicht auf der Couch, sondern in dem neuen Whirlpool, versteht sich. Den hatte Dad für kleines Geld bei eBay geschossen, und weil im Garten wegen Helens Pony Ringo und seinem Stall einfach kein Platz mehr für dieses Monsterteil war, wurde es im Wohnzimmer aufgestellt. Logisch!

Wir saßen also alle zusammen schön gemütlich im Whirlpool, guckten Fernsehen und hatten Spaß, da klingelte es an der Haustür.

»Wer kann das denn sein? Um diese Uhrzeit«, hatte Mum sich geärgert und Dylan – wahnsinnig witzig, wie immer – hat geantwortet: »The answer, my friend, is blowing in the wind«, um kurz darauf zum dritten Mal an diesem Abend wieder ordentlich einen fahren zu lassen. Worauf es Robert endgültig reichte und er Dylans Kopf unter Wasser drückte und alle anderen Robert anfeuerten, er solle es so lange tun, bis Dylan endlich aufhören würde rumzuzappeln.

Und weil es aber immer weiter klingelte und dann auch noch mindestens 20 Fäuste gleichzeitig gegen die Haustür bollerten und wenigstens 43 Stimmen im Chor brüllten: **»Taylor! Mach die Tür auf! Wir wollen unser Geld zurück!«** – weil es eben sehr laut zuging da vor der Haustür –, sagte mein Dad irgendwann sehr cool, sehr langsam: »Ich schätze mal, das ist für mich!«, und ...

... ist gleich drauf aus dem Whirlpool gesprungen und raus durch die Hintertür zum Garten ... wie Gott ihn schuf. *Nackt* also.

Dad hat immer einen Plan. Da sind wir uns sehr ähnlich. Nur wie sein Plan aussah, als er splitternackt in den Garten rausrannte, kann ich dir wirklich nicht sagen. Vielleicht hatte er vor, mit Ringo durchzubrennen. Mit Ringo, dem *Fluchtpony*.

Anyway: Was auch immer Dads Plan war, er war *so* dermaßen schlecht, dass er nicht einmal mehr in die Hose ging. Weil Dad praktisch gesehen ja auch nicht einmal eine anhatte.

Im Garten wurde Dad von einem Haufen Polizisten begrüßt, die ihm dann auch gleich Handschellen anlegten und ihn abführten.

»Keine Sorge, Kinder. Alles wird wieder gut!«, teilte Mum uns ein paar Tage später beim Mittagessen in unserer Küche mit, nachdem sie uns kurz vorher mitgeteilt hatte, dass Dad zu fünf Jahren Gefängnis verurteilt worden sei. Wegen Hochstapelei und so was.

So ist Mum! Beinbruch, Weltuntergang, Nieselregen ... egal was: bei allem eine gute Figur machen und immer hübsch positiv denken.

»Hinfallen, aufstehen, Krönchen richten, weitergehen!«, flötete sie dann auch noch mal – wie soll ich sagen – mehr so *halb*fröhlich. Und während wir ihr stumm und absolut *null*fröhlich dabei zusahen, wie sie sich vorsichtig ein Tränchen aus dem perfekt geschminkten Augenwinkel strich, klingelte es an der Haustür.

Und genau hier, my friend, kommt jetzt auch schon die Stelle, wo Mr Goethe ins Spiel kommt.

... also gleich dann. Vorher muss ich dir noch erzählen, dass ich es war, der aufsprang und zur Haustür wetzte, weil ich mir sicher war, dass mein Dad davorstand. Weil mein genialer Dad hat immer einen *Plan B*, wenn *Plan A* mal nicht ganz so brauchbar ist. Ich riss also echt gut gelaunt die Tür auf und ...

... dann war's aber nicht Dad, der in der Tür stand, sondern ein gewisser Mr. Baker. Ein Fleischberg im Anzug. Und der stampfte dann einfach, ohne mich zu fragen, stumpf an mir vorbei ins Haus und fing an, mit seinem Smartphone Fotos von unserer Einrichtung zu schießen. – Der Typ war ein *Inkassounternehmer*, falls dir das was sagt. Ein Schuldeneintreiber eben. Im Auftrag der ganzen Leute, mit denen mein Dad *Geschäfte* gemacht hatte.

Seltsamer Job irgendwie und irgendwie auch nicht ganz ungefährlich. Weil als Mr Baker gerade dabei war, den Whirlpool im Wohnzimmer abzuknipsen, brüllte Mum mächtig wütend los, dass er sich verpissen soll. Aber sofort, bevor ein Unglück passieren würde.

Mr Baker grinste Mum dann aber einfach nur dämlich an und verpisst hat er sich schon gar nicht. Was ein Fehler war, dass er das eine tat und das andere nicht, weil im nächsten Moment – **und jetzt ist es so weit** – traf ihn der Goethe voll auf seine Fleischnase. In Form eines echt fetten Sonderbandes mit 3000 Gedichten. Mum hatte es blind vor Wut aus dem Bücherregal gerissen und nach Mr Baker geworfen.

Und *deswegen* ist der Goethe schuld. Verstehst du? Wenn der zu Lebzeiten einfach mal öfter lockergelassen hätte – im Garten chillen oder im Whirlpool, was weiß ich –, dann hätte er weniger Gedichte rausgehauen und der fette Sonderband wäre dann sehr viel schlanker ausgefallen und ...

... Ergebnis: Nasenbruch! Und eine Anzeige wegen Körperverletzung! Und weil dann ja auch immer eins zum anderen kommt: noch eine Vorladung vom Jugendamt obendrauf. Weil meine Mum allein überfordert sei. Weil sie sich nicht richtig um uns kümmern könne und wir deshalb alle verrohen, verwahrlosen und verblöden würden. Was natürlich stumpf gelogen war – auch wenn ich denke, dass man im Fall Margaret in Sachen Verblödung voll ins Schwarze getroffen hat.

Was aber gerade mal nicht Thema ist.

Thema ist: Die ganzen Idioten, die sich freiwillig von meinem Dad haben übers Ohr hauen lassen, haben das alles von Mum behauptet. Einfach so. Um Mum und vor allem Dad einfach noch mal auf die ganz linke Tour eins reinzuwürgen.

»Diese Arschlöcher! Geldgeile, linke, verlogene Arschlöcher!«, hat Mum dann auch noch mal Mr Cooper vom Jugendamt ganz deutlich gemacht, was sie von Dads *feinen* Geschäftsfreunden hielt, als sie da eben wegen dieser Vorladung auflaufen musste. Zusammen mit mir. Weil ich als Einziger schulfrei hatte und Mum mich ungern allein zu Hause lassen wollte. Aus Angst, dass ich Dads Scotch in Ringos Trog kippen könnte. Was natürlich totaler Quatsch war. Warum hätte ich das *noch mal* tun sollen?!

Anyway: Mum und ich in Mr Coopers Büro – Mum schimpft tüchtig auf Dads Geschäftsfreunde, und Mr Cooper sagt nichts und macht sich bloß ein paar Notizen.

»Was machen Sie da?«, fragt Mum ihn da leicht gereizt.

»Notizen, Mrs Taylor. Ich mache mir nur Notizen«, antwortet Mr Cooper ruhig.

»Welcher Art?«

»Nicht so wichtig. Ich mache mir einfach nur ein paar Notizen. Das gehört zu meinem Job.«

»Was ist denn das für ein Job?! Ich rede mit Ihnen und Sie machen sich derweil Notizen?! Das ist ungehobelt! Schlechte Erziehung, würde ich mal denken.«

»Genau darüber wollte ich mit Ihnen reden, Mrs Taylor – *Erziehung!*«

»Ach! Auf einmal! Erst nicht zuhören und dann reden wollen! Das ist stark!«

»Ich **habe** zugehört und ... leg das bitte wieder hin, Junge! Das ist kein Spielzeug«, bittet Mr Cooper mich ein bisschen genervt, weil ich seinen Hefttacker vom Schreibtisch genommen und aus purer Langeweile angefangen habe, damit rumzuspielen.

»Jetzt brüllen Sie auch noch meinen armen Jungen an! Das ist ja unerhört!«, schimpft Mum mit Mr Cooper.

»Ich habe NICHT gebrüllt!«, brüllt Mr Cooper und in meine Richtung noch mal echt unentspannt mit ausgestreckter Hand: »Jetzt gib mir endlich den Tacker, Bengel!«

Den will ich ihm auch geben, aber da ist Mum schneller, schnappt sich den Tacker aus meiner Hand und zu Mr Cooper sagt sie echt spitz: »***So*** reden Sie nicht mit meinem Sohn. Das wird Folgen haben. Da haben Sie Ihren Scheißtacker!« Und dann drückt sie Mr Cooper das Teil in die hingehaltene Hand, wobei sie dabei etwas fahrig den Abzug zusammenpresst und versehentlich eine Heftklammer voll in Mr Coopers Hand reintackert.

»Oh … s… sorry! Das wollte ich nicht! D… das tut …«, höre ich Mum noch ehrlich erschrocken eine Entschuldigung stottern, die dann aber in dem Gebrüll des frisch getackerten Mr Cooper untergeht.

Ergebnis: *Noch* eine Anzeige wegen Körperverletzung.

»Keine Sorge, Kinder. Alles wird wieder gut!«, teilte Mum uns ein paar Tage später mit …

… nachdem sie uns kurz vorher mitgeteilt hatte, dass sie zu zwei Jahren Gefängnis verurteilt worden sei. Wegen zweifacher, schwerer Körperverletzung!

Und weil Mr Cooper vom Jugendamt der Meinung war, dass meine Geschwister und ich nicht allein aufwachsen können, wurde Familie Taylor mal eben kurz getrennt, zerlegt und verteilt. Auf das komplette englische Königreich. Dylan, Robert, Helen … *alle* kamen sie irgendwo unter. Bei den nächsten Verwandten von Dads Seite. Weil Mum familientechnisch gesehen auch echt wenig zu bieten hat. Bis auf eine ältere Schwester, mit der Mum aber seit mindestens 20 Jahren nicht mehr redet, weil Mum ihre ältere Schwester ziemlich dämlich findet.

Alle also kamen sie bei Dads cooler Verwandtschaft unter.

… bis auf einen! Rate, wen!

Exactly: bis auf *mich*! Da hatte sich der gute Mr Cooper vom Jugendamt wohl irgendwie verrechnet. ... vielleicht sogar extra. Aus Rache oder so.

Ich blieb über und wurde dann exportiert. Nach Deutschland. *In the middle of nowhere* – In die Mitte von nirgendwo. Nach *Goofyhausen* ... oder wie das Kaff hier heißt. Zu Tante Christiane ... Mums älterer Schwester!

4 } Spencer

Ja, soll ich jetzt Männchen machen, oder was?!

Warum macht der das bloß? Warum tickert dieser Spacko da draußen immer und immer und immer und immer und immer wieder gegen diese bescheuerte Scheibe. Nachher ist sie kaputt und dann bin ich's wieder gewesen. Kenn ich doch alles schon.

Der Spacko sollte lieber mal reinkommen und die Wohnungstür aufmachen, damit ich wieder rauskann aus diesem Loch.

... null Ahnung, was der will, der Spacko!

Weißt du, ich könnte die Wohnungstür natürlich auch locker selber aufmachen. Komplett spackofrei könnte ich das. – Den Griff mit den Pfoten nach unten drücken und gleichzeitig dagegenspringen. *Zack* – auf. Easy. *Ganz* easy alles.

Problem bei *dieser* Scheißtür ist, dass die nach *innen* aufgeht und nicht nach *außen*. Wenn ich von der anderen Seite dagegenspringen könnte, während ich von *dieser* Seite den Griff nach unten drücke, dann würde es gehen. Rein *theeeooolooogisch* jetzt.

... wenn ich da wäre, wo ich rein *paraktisch* hingehöre, hätte ich das Scheißproblem erst gar nicht. Türkei eben. In der Türkei wäre ich nämlich jetzt ganz automatisch auf der anderen Seite. Auf der *richtigen* nämlich. ... also *draußen* jetzt. Weil ein *Drinnen* kennt man da gar nicht. Jedenfalls nicht da, wo ich herkomme und ganz klar auch wieder hingehöre. An einen Strand eben. Habe ich aber auch alles schon erzählt.

Was ich vielleicht noch nicht erzählt habe, ist, dass ich da nicht alleine gelebt habe. Natürlich nicht. Ich bin ein Hund, Mann. Die leben in Rudeln. Mach ich hier auch irgendwie, aber das ist nicht dasselbe. Hier besteht mein Rudel aus – lass mich kurz rechnen – aus ... aus ... aus ... ... ein *paar* von deiner Sorte. Wobei ich Spacko da draußen noch nicht mitgezählt habe, dann wären es ... ... *einer* mehr! Was dann aber immer noch ein Witz ist gegen mein Original-Rudel in der Original-Türkei! Ein Haufen Schwestern, ein Haufen Brüder, eine Mama ... und ziemlich genau *drei* Väter ... oder vier. – ***Das*** ist mein Rudel! Praktisch gesehen, meine Familie!

Familie (Ausschnitt)

… ich hätte auf meine Mama hören sollen! Wenigstens dieses *eine* Mal!

»Pfoten weg von den rosa Nacktwürsten!«, hat sie mich gewarnt und dann noch: »Menschen! Die sind alle krank! Verstehst du, Sohn? **Krank! Krank! Krank! Krank! Krank! Kr…**«

»***Krank!*** Ja, verstehe, Mama!«, habe ich brav geantwortet, damit sie endlich Ruhe gibt.

Hat sie dann auch. Und als sie sich endlich wieder umgedreht hat, um ganz normal ein Loch in den Sand zu buddeln, bin ich sofort losgewetzt, quer rüber über den Strand zu den Menschen, die da reihenweise in der prallen Sonne rosa und nacktwurstig auf ihren Lappen rumlagen. – Ganz ehrlich, Mann? So ganz dicht in der Birne seid ihr wirklich nicht!

… aber egal jetzt! Ich rübergebrettert, weil es da ja auch immer ordentlich was zu beißen gab. Frikadellen, Kebab, Würstchen … was die Spinner halt so auf der Hand hatten.

Weißt du, von meiner Art her bin ich ein ganz natürlicher Jäger. Ein echter Killer! Gefürchtet von allen Beutetieren.

Aber wozu sich die Arbeit machen, wenn's einfach geht?! Der Strand ist das reinste Buffet. Einmal im Jahr mindestens. Alles, was du tun musst, ist, dich vor diesen Knalltüten in Stellung bringen, sie gefährlich anstarren, klarmachen, dass du nicht zu Scherzen aufgelegt bist – und ***zack*** – werfen sie dir das Essen direkt ins Maul.

Diese geniale Jagdtechnik hat mir übrigens mein Papa beigebracht. ... also einer von den dreien ... oder vieren. Heimlich, versteht sich. Weil wenn Mama es spitzgekriegt hätte, wäre die Hölle los gewesen. Aber so was von!

»Weißt du, mein Sohn?«, hat Papa – also *der eine* jetzt – mal zu mir gesagt. »Das Leben ist geil! **... geil! Geil! Geil! Geil! Geil! Geil! Geil! ... GEIL!!!**«

Und, verdammt noch mal, er hatte recht! Das Leben war einfach nur geil! Und in diesem Jahr war es noch geiler als geil. Weil in diesem Jahr gab es da eine ganz bestimmte Knalltüte, die extra nur für mich immer eine Riesenportion Pommes mit zum Strand gebracht hat. – *Karl!* Ein Männchen, glaube ich. Ist bei euch manchmal schwer zu sagen, was da Sache ist, wegen dem ganzen Zeugs, was ihr immer tragen müsst, weil ihr sonst auf der Stelle erfriert, wenn ihr es nicht tätet und ...

... sagen wollte ich: *Karl!* In diesem Jahr war da dieser Karl.

Mit seinem eigenen kleinen Rudel – also seiner Mama, seinem Papa und einem Mädchen namens Sophia, von dem ich deswegen hundertpro weiß, dass es ein Mädchen ist, weil es auch schon ein bisschen älter ist, und wenn bei euch die Weibchen ein bisschen älter sind, dann kriegen sie plötzlich diese zwei ... *Höcker* oder wie die Dinger heißen. Was jetzt aber auch wieder alles scheißegal ist, weil erzählen wollte ich dir eigentlich nur von Karl und dass der immer Pommes mitgebracht hat. Mit Mayo drauf. Nur für *mich*. Wochenlang, wenn nicht sogar Tage!

»Spencer!«, brüllte er mir auch an diesem einen Tag entgegen, als ich auf ihn zugebrettert bin, um mir meine Portion Pommes abzuholen.

»Karl, bitte!«, hat dann seine Mama genervt gesagt. »Zum letzten Mal: Gib dem Tier keinen Namen! Es bleibt hier!«

Ich brachte mich sauber in Stellung, damit Karl mir die Pommes in den Hals werfen konnte, und dann warf Karl mir aber gar keine Pommes in den Hals, weil der Blödmann heute gar keine dabeihatte. Und während ich dann noch doof aus dem Fell glotzte, bettelte Karl seinen Papa an: »Bitte, Papa! Sag *du* was! Lass ihn uns bitte mitnehmen! Pliiiiies!«

»Mama sagt *Nein* und Papa dann auch! Der Trick zieht nicht, Spasti!«, hat Sophia geknurrt und Karls Papa dann zu ihr echt streng: **»Sophia! *Bitte!*«**, und zu Karl dann noch: »An mir soll's nicht liegen. Von mir aus!«

Und da riss Karl seine Birne wieder zu seiner Mama rüber und die rollte dann in Richtung Papa genervt mit den Augen rum und dann sagte sie lange nix und dann aber doch irgendwann: »Also gut, Karl! Wir nehmen den Hund mit nach ...«

... *Schland?* Heißt das so? Ich weiß nicht genau. Jedenfalls hat Karls Mama gesagt, dass ich *dahin* mitkommen kann, und Karl hat sich wie bescheuert gefreut darüber und dann ist er mir um den Hals gefallen vor lauter bescheuerter Freude und da kann Karl von Glück reden, dass ich's ihm erlaubt hab und ich ihm nicht gleich in die Nase gebissen hab, weil immerhin stand da ja auch noch eine Portion Pommes auf der Speisekarte, die ich von ihm haben wollte, weshalb ich dann auch brav mitgekommen bin nach ... *Schland* – oder wie die Scheiße heißt –, weil ich dachte, *Schland* ist hinterm nächsten Strand um die nächste Ecke oder so, was dann aber so was von falsch gedacht war, weil *Schland* am anderen Ende der Welt liegt, praktisch gesehen am Rand von allem.

Original Weltkarte (Seitenansicht)

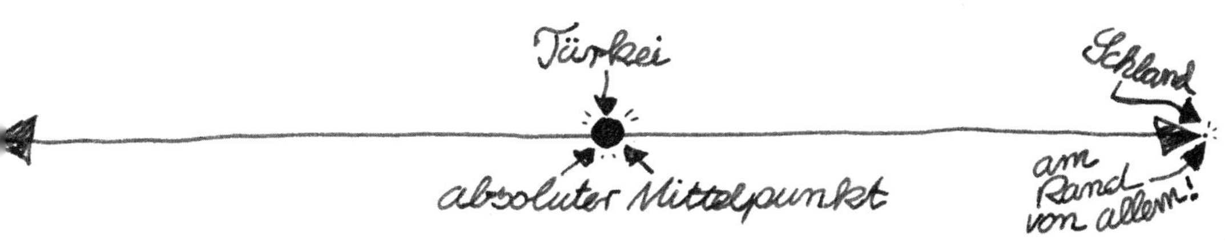

Jedenfalls bin ich jetzt hier. Wenn du so willst: wegen einer Portion Pommes und ...

... wenn der Spacko da draußen nicht bald aufhört, gegen die Scheibe zu tickern, beiß ich ihm alle Finger ab. Weil das ... **nervt! Nervt! Nervt! Nervt! Nervt! Nervt! Nervt! Nervt! Nervt! Nervt!**

5 } Quinn

Zu dämlich, der Köter! Jetzt kläfft er mich an, weil er denkt, dass ich mit ihm spielen will. Will ich aber gar nicht. Natürlich nicht. Der soll einfach den verdammten Griff von der Balkontür nach unten drücken, damit ich wieder reinkann in die Wohnung. ... kapiert der aber nicht, der dämliche Köter. ... ich geb's auf!

... nicht gut, das alles!

Aber ich sag dir was: Irgendwie komme ich hier runter. Weil ich, Quinn Taylor, Sohn von Harry Taylor, selbstverständlich immer einen Plan B habe. ... also jetzt noch nicht, aber der kommt dann schon noch.

... ich könnte natürlich Karl anrufen. Der steht eh unten vor der Haustür rum und schiebt Wache. Um mich zu warnen, sobald der Kretschmann auftauchen sollte. Über Handy eben. Das Problem ist: Karl kann *mich* anrufen, aber ich nicht *ihn*, weil ich seine Nummer gar nicht habe. ... blöderweise.

... Tante Christianes Nummer habe ich. *Die* könnte ich anrufen. Die würde mich auch ganz eindeutig vom Balkon holen. Da habe ich aber nur die starke Vermutung, dass sie's auf dem schnellsten Wege tun würde, indem sie mich direkt übers Geländer wirft. Weil Tante Christiane regt sich ja auch immer so schnell auf. Was wohl irgendwie in der Familie liegt, weil da ist sie ihrer Schwester sehr ähnlich. – Meiner Mum also.

Aber das war's dann auch mit Ähnlichkeiten. Die beiden verbindet sonst nichts. Auch rein äußerlich – ganz andere Liga, meine Mum. *Erste* Liga, selbstverständlich.

Und wenn Tante Christiane mich vor rund sechs Wochen am Flughafen in Hannover nicht gleich erkannt und angesprochen hätte, wäre ich glatt an ihr vorbeigegangen, weil ich angenommen hatte, dass die irgendwie zum Personal gehört. Mit den Klamotten hätte die Lady auch als Getränkeschubse, also als *Stewardess,* durchgehen können.

Komplette Fehlannahme, wie ich zugeben muss.

»Ich? Ich bin ***Staatsanwältin***!«, hat sie mir in diesem versnobten Oxford-Englisch geantwortet. Irgendwie so triumphierend, als hätte sie nur darauf gewartet, dass ich frage, was sie so beruflich macht.

»… … … oh, I see!«, habe ich dann nur noch gesagt und wieder aus dem Fenster ihres fetten Mercedes Benz geglotzt, mit dem sie mich von Hannover nach … *Grottingen* chauffiert hat.

Stewardess, Lehrerin, Bankangestellte … ja selbst *Inkassounternehmerin* wäre okay gewesen. Aber *Staatsanwältin*? Das ging ja gar nicht. Staatsanwälte sind für die Taylors das, was für dich vielleicht dein Zahnarzt ist. Und selbst da würde ich denken, dass der Vergleich noch zu niedlich ist. Dein Zahnarzt müsste ein angelernter Vollidiot mit zwei linken, zittrigen Händen sein und blind noch dazu – *dann* würde es passen.

Ich glotzte also aus dem Fenster von Staatsanwältin Christianes fettem Mercedes Benz, ließ die öde, verregnete Landschaft an mir vorbeirauschen und dachte verstärkt über eine Änderung meines Plans nach. – Also meines *Master*plans, wenn du verstehst, was ich meine.

Was ich meine, ist, dass ich mir vor meiner Abreise nach Deutschland sehr präzise überlegt hatte, dass ich mir das hier in ... *Googleheim* exakt eine Woche lang angucke und dann wieder den Abflug mache. Zurück nach Liverpool. Wo ich hingehöre.

›Jetzt aus dem Auto steigen‹, dachte ich, ›bei 180 km/h. Das wäre total bescheuert!‹, und ...

... blieb bei meinem Masterplan. – ›Eine Woche! Sieben Tage! Maximal! Dann bin ich wieder weg!‹

›... sechs Tage! Nicht länger!‹, dachte ich zu Ende, als Tante Staatsanwältin irgendwann in die Straße einbog, in der sie mit ihrer Familie wohnt.

»Das ist dein neues Zuhause, mein lieber Quinn«, drohte Tante Christiane mir fröhlich und Oxfordenglisch näselnd und zeigte auf einen von diesen spießigen Backsteinhaufen, der aussah wie eine Familiengruft.

»Oh, nice«, log ich sie an.

Und dann sah ich ihr eine Weile dabei zu, wie sie versuchte, ihren fetten Benz in die Hauseinfahrt reinzukurbeln, was sie aber vergessen konnte, weil ein alter Schrott-Volvo die halbe Einfahrt blockierte.

»Mist. Hoffmann! Dieser Idiot«, fluchte sie leise auf Deutsch vor sich hin.

Da tat ich aber wieder so, als würde ich kein Wort Deutsch verstehen, was übrigens ebenfalls Teil des Masterplans war. Das kann sehr nützlich sein, wenn man mehr versteht, als alle anderen glauben.

However: Tante Christiane gab auf, parkte ihr Schlachtschiff direkt hinter dem rostigen Schweden-Panzer, wir stiegen aus und exakt in dem Moment kam aus dem Nachbarhaus ein Typ mit Ziegenbart und Brille rausgehampelt, mit Weidenkorb in der Hand und Fahrradhelm auf dem Kopf.

»Hallo, Herr Hoffmann«, flötet Tante Christiane freundlich zu dem Mann rüber.

»Oh, guten Tag, Frau Winter«, flötet Herr Hoffmann zurück und dann will Frau Winter, Tante Christiane also, noch irgendwas zu ihm sagen und da ist er aber schneller und meint zu ihr: »Tut mir ***wirklich*** leid, dass ich Ihre Einfahrt wieder zugeparkt habe. Aber Sie können sich ja denken, wie schwierig das mit dem Parken hier geworden ist ... seitdem Sie Ihre neue Einfahrt haben ... *schmunzel, schmunzel.*«

»*Hahaha. Hahaha.* Ja, die neue Einfahrt. *Hahaha*«, quetscht Tante Christiane ein total unechtes Lachen aus sich heraus, wünscht Herrn Hoffmann mit höchst strahlendem Gesicht noch einen schönen Tag. Und als der sich dann auf sein peinliches Liegerad pflanzt und damit davoneiert, erlöschen sämtliche Strahlen in dem Gesicht meiner Tante und sie knurrt ihm selbstvergessen hinterher: »Arschloch!«

Und da fällt ihr wohl selber auf, dass sie's geknurrt hat, weil sie mich im nächsten Moment prüfend anguckt. Aber da tue ich wieder so, als hätte ich nichts verstanden, hole meinen Koffer aus dem Benz und stiefle ihr zum Hauseingang hinterher. Tante Christiane öffnet die Tür und ...

... da kommt plötzlich ein Hund rausgeschossen. Mit Halsband drum und Leine dran und mit einem Quietscheentchen im Maul – Spencer!

»Verdammt!«, flucht Tante Christiane wieder, und ich aber – mit der überirdischen Reaktion eines Jediritters – lasse cool meinen Koffer direkt auf die Leine von diesem dämlichen Köter fallen.

»Gott sei Dank!«, bedankt sich Tante Christiane ordentlich bei mir, schnappt sich die Leine mit Köter dran und zerrt ihn zurück ins Haus. Ich dann hinterher und drinnen ruft sie in den meterhohen Hausflur rein: **»Achim! Karl! Sophia! Wo seid ihr? Ich bin wieder da. Mit unserem Gast!«**

Da kommt als Erster ein Junge durch die hintere Gartentür reingestolpert. Karl! Und der wird dann auch von Staatsanwältin Winter gleich verhört: »Was soll das, Karl? Warum ist der Hund an der Leine?«

»Oh! Die Leine! Vergessen abzumachen. Sorry! Ich mach schon«, entschuldigt sich Karl.

Da nimmt sie dem Köter aber schon selber die Leine ab und meint zu Karl dann ein bisschen freundlicher: »Karl, das ist Quinn.«

»Oh! ... äh ... hällo, Quinn. It is ... äh ... neiss to miet ju!«, bröckelt er mir sein grottenschlechtes Englisch höflich entgegen und da will ich ihm natürlich auch höflich antworten – auf Englisch, versteht sich –, aber da sagt Tante Christiane zu ihm: »Spar dir die Mühe, mein Sohn. Quinn spricht fließend Deutsch.«

Und weil ich da wohl ziemlich blöd aus der Wäsche gucke, klärt sie mich höchst deutschsprachig und grinsend auf: *»Mr Cooper! Der* hat mich natürlich darüber informiert, dass Anke ... deine Mutter euch zweisprachig erzogen hat.«

»... ah! ... verstehe!«, verstehe ich, dass nicht *ich*, sondern *sie* mich über die ganze Fahrt hierher voll verarscht hat, und dann begrüße ich Karl ... auf Deutsch dann eben.

Und fast gleichzeitig fliegt die Tür zum Keller auf und in den Flur kommt ein Mann gestürmt, der dann wohl mein Onkel Achim ist. Er hält eine Girlande in den Händen und begrüßt uns ganz enttäuscht: »Warum seid ihr schon da? Ich bin noch nicht fertig!« Dabei zieht er die Girlande wie eine Ziehharmonika auseinander und zu lesen ist: *Welcome to Gött…*

»Oh sorry, Spatzel. Aber wir sind zügig durchgekommen. … wenig los auf der Autobahn«, lügt Tante Christiane ihr Spatzel dreist an. Die Autobahn war mördervoll, was Tante Christiane aber nicht davon abgehalten hat, wie eine gesengte Sau darüber herzuballern.

Da zieht *Spatzel,* also Onkel Achim, aber auch nur ungläubig eine Augenbraue hoch und dann sagt er zu mir ganz feierlich: »Willkommen in Gött…«

»Ist das der Engländer?«, fällt ihm plötzlich jemand von oben her ins Wort. Ein Mädchen. Schätzungsweise in Margarets Alter. Also 16 in etwa.

»Sophia, bitte!«, ermahnt Onkel Achim sie. »Was ist denn das für eine Begrüßung?!«

»Ja, ja! Sorry! Hallo, Quak!«

»*Quinn*, nicht *Quak*!«, korrigiere ich die Lady in Black.

»*Quinn*, auch gut!«, schnippt sie zurück und dann beachtet sie mich gar nicht weiter und meint zu Tante Christiane streng: »Mach ihm klar, dass mein Zimmer tabu ist. Keine Ballerspiele nach zehn und es wird hier nur im Sitzen gepinkelt!«

Sagt es und macht einen divamäßigen Abgang in ihr Zimmer, wobei sie die Tür extralaut hinter sich zuknallt.

Ich gucke leicht verdutzt in die Runde, die Runde rollt genervt die Augen und Tante Christiane erklärt: »Hormone!«

»Ah! Verstehe!«, antworte ich höflich und denke gleichzeitig: ›*Drei* Tage! ***Drei!*** Nicht einen Tag länger!‹

6 } Spencer

Spacko! ... dämlicher Spacko! ... Spacko! Spacko! Spacko!

Ich sag dir, Kumpel, wenn dieser Spacko da draußen nicht wäre, wäre ich schon längst zurück in der Türkei, am Strand bei meinem coolen Rudel ... und bei Mama ... und so.

Weißt du, das Leben hier in meinem Ersatzrudel ist jetzt *soooooooo* schlecht nicht. Die haben eine riesige Hütte mit Dach drauf, was jetzt wirklich nicht ganz so dämlich ist, weil es hier ja auch ständig pisst. Und kalt ist es nachts! Da *machst* du dir ja kein Bild. **... kalt! Kalt! Kalt! Kalt! Kalt! Kalt! ... KALT!**

Die Hütte also ist top und Essen geht auch okay. ... obwohl die Portion Pommes immer noch aussteht.

Was aber auch alles scheißegal ist, weil erzählen wollte ich dir eigentlich nur, dass ich schon längst wieder an meinem Strand sein könnte, wenn Spacko nicht wäre.

Spacko ist aber. Aufgelaufen eben. Hier in Schland vor exakt sechs Jahren war das ... oder *Wochen*. Was weiß ich denn, wann. Irgendwann eben an irgendeinem Scheißtag, der schon ein bisschen her ist. ***Da*** eben!

Ich lauerte vor der Haustür. Bereit für meine Mission. *Die* Mission. Ich sage nur **S.G.V.**! Das ist eine Abkürzung, weißt du?! Sie steht für: ***S****pencers* ***G****enialer* ***F****luchtplan*.

S.G.V.-technisch lauerte ich also vor der Haustür und – das Allerwichtigste – Doris hatte ich auch dabei. Doris ist mein Quietscheentchen. Das hat Karl mir mal geschenkt. Und Sophia hat es dann *Doris* getauft, weil sie meint, dass es sie stark an irgendeine Tante Doris erinnert ... vor allem hinten rum.

Egal alles! Der **S.G.V.** war bis ins kleinste *D-Teil* perfekt vorbereitet: Sprungbereit vor der Tür lauern – Karls Mama öffnet die Tür – ich springe raus, an ihr vorbei und weg – die Straße runter – rein ins nächste Taxi – Taxi fährt mich zum Flughafen – raus aus dem Taxi, rein in den Flieger – Flieger fliegt mich in die Türkei – dann: Landung – ich, raus aus dem Flieger, rein ins nächste Taxi – Taxi fährt mich zum Strand – raus aus dem Taxi – Ende!

Perfekt alles und *diesmal* würde er auch klappen, der Plan. Die 1024 Anläufe davor, das war ja alles auch nur Testvase ... oder wie das heißt. Egal, wie das heißt! Diesmal würde es sauber durchlaufen. Sicher das. – Doris und ich waren bereit!

... ich mach's kurz: Der Plan ging ins Fell. Weil Karls Mama war nicht allein vor der Tür. Was ich nicht wissen konnte. Sie hatte diesen Spacko dabei. Und der hat mich aufgehalten. Mit einem Koffer. Schwer zu erklären das alles. Jedenfalls, der hat mich aufgehalten, Karls Mama zog mich zurück in die Hütte und Ende der Geschichte.

Ich sag dir, ich war so sauer auf den Spacko. So sauer war ich, dass ich dir echt schwer beschreiben kann, wie sauer. ... ***voll*** sauer war ich!

Karls Mama bellte in den Hausflur, worauf dann auch ganz normal ihr Rudel aus allen Ecken angedackelt kam. Weil: Karls Mama ist ganz klar das amtliche Alphatier in der Rangordnung. Sagt man so. Das ist Fachsprache. *Alphatier, Leittier ... voll der Boss*, falls dir das mehr sagt. Rangordnung ist wichtig. Weil wo kämen wir denn hin, wenn jeder sagen dürfte, wo's langgeht. *Nirgendwo* kämen wir hin.

Jedenfalls: Karls Mama steht ganz klar extrem vorne in der Rangordnung und direkt danach komm auch schon ich. Weil ich natürlich auch voll der Alpha bin.

... sauer war ich! ***Voll*** sauer war ich! Weshalb ich dann auch nur darauf gewartet habe, bis die anderen mit dem Beschnuppern von dem neuen Spacko durch sind und ich dann endlich an der Reihe bin.

»Und das ist Spencer«, sagt Karl.

»Oh ... hallo ... *Hund*«, sagt Spacko doof und ich denke: ›Fass mich an! Bitte! Fass mich nur *ein Mal* ungefragt an und ich mach dir Löcher in die Hand. Mit meinen Reißzähnen. Fass mich an! Tu's! Bitte! Mach es! Los!‹

Ohne den Blick von Spacko abzuwenden, lasse ich Doris vorsichtig auf die Bretter fallen, weil ich weiß, jetzt ist es gleich so weit und ...

… und dann fasst Spacko mich aber gar nicht an, weil Karl dem Spacko ein Leckerli in die Hand drückt und zu ihm sagt: »Der tut nix! Gib ihm einfach nur das Leckerli. – *So!* Verstehst du? Mit der offenen Hand. Dann vertraut er dir.«

›**Jaaaaa**, vertrau mir!‹, denke ich. ›Streck deine Spackoflosse aus, damit ich meine Reißzähne da reinbohren kann … also *nachdem* ich das Leckerli verputzt habe. Weil die sind wirklich verdammt gut, die Leckerlis. … gut! Gut! Gut! Gut! Gut sind die!‹, denke ich alles und Spacko sagt zu Karl: »Ja. Verstehe!«, und dann hat er aber natürlich *null* verstanden, latscht Richtung Hintertür, sagt zu mir doof: »Koooomm, Hundi. Komm! Komm! Komm! Wo ist das Leckerli?«, was wirklich eine selten dämliche Frage ist, weil er das Leckerli ganz klar zwischen den Fingern hält und damit rumwedelt, und dann wirft der Idiot es durch die offene Tür in den Garten und ich auf ihn zu …

... und an ihm vorbei raus aus der Hütte, rein in den Garten, dem Leckerli hinterher, weil die sind wirklich richtig gut, gut, gut, gut sind die, und dann such ich wie bescheuert nach dem Leckerli und find es aber erst nicht und dann aber doch, weil dann nämlich die Tür hinter mir zufällt, weshalb ich mich umgucke, und da sehe ich den Spacko, wie er mich blöd angrinst durch die Scheibe von der Hintertür ... mit dem Leckerli zwischen den Fingern, das er gar nicht in den Garten geworfen hat.

Verarscht hat er mich ... ... die doofe Sau!

7 } Quinn

Karl Winter! Eigentlich könnte der ja auch mal auf die Idee kommen, *mich* anzurufen. Aus purer Sorge. Ich bin überfällig, Mann! Aber so was von!

... na ja, irgendwann wird der sich schon melden. Spätestens dann, wenn Albert Kretschmann das Haus betritt. ... aber da kann er sich die Einheiten eigentlich auch sparen, weil dann ist es eh zu spät. – Klasse, Karl! Ganz toll, Karl! Top-Mitarbeiter! ... shit!

... wo war ich eigentlich stehen geblieben? ... ah ja: ***drei!*** *Drei Tage und nicht länger!*

Aus den drei Tagen wurden dann Wochen. Vom Prinzip her war mein Masterplan natürlich so simpel wie perfekt: Rückflug nach Liverpool übers Internet buchen und *Goodbye Gött...!* Und den Flugplan *Hannover – Manchester – Liverpool* hatte ich mir ja auch schon gleich am zweiten Abend nach meiner Ankunft rausgesucht und ausdrucken wollen. Über Sophias Printer ... wofür ich natürlich auch ihr Laptop benutzen musste. In ihrem Zimmer dann. Worüber Sophia – wie soll ich sagen – jetzt nicht *hundertprozentig* begeistert war ... nicht mal *einprozentig*.

»***Mein! Zimmer! Ist! Tabu!*** – Sag mir einfach ganz genau, ***welches*** von diesen Wörtern du nicht verstehst, Engländer!«, machte sie mich an, als sie ihr eigenes Zimmer betrat und mich da an ihrem Schreibtisch mit ihrem Laptop sitzen sah.

Da blieb ich aber cool. Natürlich blieb ich es. Das gehört einfach zu den Grundregeln im Umgang mit schwer verstrahlten Girlies. Und ich weiß, wovon ich rede. Da spricht meine Erfahrung, die ich in 12 bis 14 Jahren sammeln durfte ... *musste*. Ich sag nur: *Margaret!*

»Cool bleiben, Blacky!«, habe ich also cool geantwortet. »Ich druck das hier aus und dann bin ich auch schon wieder weg.«

»Du bist ***erst*** weg und dann druckst du ***gar nichts*** aus. So rum machen wir das! Und jetzt raus, du linke Ratte, bevor ich dich töte.«

Und da sagte mir die Erfahrung: *Tu, was sie sagt. Sie meint es ernst!*

Dass Sophia gleich am zweiten Abend so dermaßen unentspannt auf mich reagierte, hatte natürlich ganz klar mit Maja und Willi zu tun. Also Karls Wellensittichen jetzt. Logisch.

Wenn es eine Lebensform bei den Winters gibt, die *noch* dämlicher ist als diese überirdisch dämliche Fellwurst von Spencer, dann ist es die Lebensform *Wellensittich.* – Wellensittiche sitzen doof in ihrem Käfig rum, scheißen ihn voll und machen dabei nervige Quietschgeräusche. Und wenn man will, dass sie keine nervigen Quietschgeräusche mehr machen, wirft man einfach ein Handtuch über ihren Käfig, dann ist Ruhe. Weil diese Hirnakrobaten dann denken, dass es Nacht ist ... *ganz* plötzlich geworden!

Die zweite Möglichkeit, Wellensittiche zum Schweigen zu bringen, ist, sie fliegen zu lassen ...

... was dann auch gleich am nächsten Morgen nach meiner Ankunft ganz oben auf meiner persönlichen To-do-Liste stand. Die Gelegenheit war da, als ich allein in der Küche war ... mit Maja und Willi!

Onkel Achim saß wieder in seinem Bastelkeller rum. Was er immer tut, wenn Samstag ist. Weil er da freihat und nicht zum Straßenverkehrsamt muss, wo er arbeitet. Tante Christiane war in ihrem Arbeitszimmer und arbeitete freiwillig, was *sie* halt immer tut, wenn Samstag ist und sie eigentlich auch freihat. Karl spielte mit Spencer im Garten und Sophia schlief eh noch.

»Freie Flugbahn, ihr Kackvögel!«, gab ich Maja und Willi noch ein Startzeichen, als ich das Gittertürchen von ihrem Käfig aufklappte und darauf die Küche verließ und die Tür hinter mir zuzog …

… also *nachdem* ich das Fenster in der Küche weit aufgemacht hatte.

Dann schlenderte ich zufrieden zu Onkel Achim in den Keller runter, weil der mir ja auch noch zeigen wollte, woran er so emsig rumbastelte.

»Eine Modelleisenbahn … toll!«, lobte ich Onkel Achim ordentlich und sah ihm dabei zu, wie er seine neuen Männchen – Männer, Frauen, Kinder – liebevoll in die Plastiklandschaft pappte.

»Das ist der Hochschwarzwald«, erklärte er mir ganz stolz. »Eins zu eins nachgebaut. – Da, die Teufelsschlucht und …«

»Du lügst doch, du Kuh?!«, brüllte da plötzlich jemand durchs komplette Haus. – Karl.

Onkel Achim ließ eine ältere Schwarzwald-Lady direkt auf die Gleise fallen und stürmte die Kellertreppe rauf und ich ihm nach, bis in die Küche. Und da standen Karl und Sophia sich mit geballten Fäusten gegenüber. Und zwischen beiden war aber auch schon Tante Christiane, um Schlimmeres zu verhindern. Sie, Karl und dann auch Onkel Achim – sie *alle* guckten Sophia vorwurfsvoll an.

»Ich war's nicht, verdammt! Nicht *dieses* Mal! Fragt den Engländer! Der war's! Wer sonst?!«, schlussfolgerte Sophia verzweifelt ... aber auch nicht dämlich.

In short, my friend: Niemand hatte Zweifel daran, dass Wiederholungstäterin Sophia die beiden Nervsittiche Maja und Willi freigelassen hatte. Schließlich hatte Karl sie auf frischer Tat dabei ertappt, wie sie gerade an dem Küchenfenster herumhantierte. – Um es zu *schließen*, nicht zu *öffnen*, wie ich zu ihrer Entlastung hätte bestätigen können.

Sophia wurde auf ihr Zimmer geschickt und der Vogelkäfig wieder ordentlich zugesperrt. ... *mit* Maja und Willi drin! Die beiden Intelligenzbestien hatten nicht mal gepeilt, dass ihnen das Gittertürchen zur großen, weiten Welt offen stand.

Sophia war echt nachtragend, da, am zweiten Abend. Weil sie ganz genau wusste, dass ich es diesmal gewesen sein musste, der Maja und Willi die Freiheit schenken wollte, und natürlich nicht sie selbst.

Und dann hätte mir der ausgedruckte Flugplan aber eh nichts genutzt, weil ich einen ganz entscheidenden Faktor in meinem genialen Masterplan übersehen hatte: *Geld!* – Der Flug selber wäre nicht mal das Problem gewesen. Die 150 Euro dafür hätte ich gerade noch gehabt. Das Problem war, dass ich mit den restlichen zehn Euro, die ich dann noch gehabt hätte, in Liverpool nicht besonders weit gekommen wäre. – *Wo* schlafen? *Was* essen? Und vor allem – *Top Eins* meines Masterplans – *Wie* Mum und Dad aus dem Gefängnis holen? – Klar! Mit einem vernünftigen Anwalt ... oder Bulldozer. Das wollte ich dann vor Ort entscheiden.

However: 160 Euro insgesamt reichten vorne und hinten nicht, um irgendwas zu entscheiden. Ich brauchte Geld. *Viel* Geld. Weshalb dann eben aus den drei Tagen *Wochen* wurden.

... und diese Wochen waren dann aber auch ganz passabel. – Ein eigenes Zimmer! Stell dir das vor! *Privatsphäre!* Auch auf der Toilette. Niemand, der wie bescheuert gegen die Tür hämmert, während du da deine Geschäfte – wie soll ich sagen – *abwickelst.* Stressfrei frühstücken, ohne Angst haben zu müssen, dass dir jemand wieder mal das letzte Brötchen direkt vor deiner Nase wegschnappt.

Unter dem Strich: Der reinste Hotelbetrieb hier. Guter Service, nette Mitarbeiter – *Gefällt mir!*

Aber ›*Gefällt mir*‹ reicht halt irgendwie nicht. Ich musste zurück nach Liverpool. Und dazu brauchte ich Geld. *Viel* Geld. Weshalb ich, Quinn Taylor – der Macher, der Checker, der Typ, der weiß, wie man das ganz schnelle, große Geld macht –, weshalb *ich* mich also nach drei Wochen dazu entschloss, aktiv zu werden.

... als Englisch-Nachhilfelehrer für den kleinen Tristan Seidel von gegenüber. Einmal die Woche. Für 8,50 Euro die Stunde. Was eine gnadenlose Ausbeuterei ist für diese harte Schufterei. Und genau so habe ich das auch meiner Arbeitsvermittlerin erklärt. Also Tante Christiane jetzt, weil die hatte mir den Job besorgt.

»Das ist Mindestlohn«, hat sie darauf aber nur kurz und knapp geantwortet.

»Achtfünfzig. Das ist *nichts*!«, habe ich knallhart dagegengehalten. »Lady Seidel selbst würde dafür nicht einmal den kleinen Finger krumm machen.«

»*Lady* Seidel hat es auch gar nicht nötig, kleine Finger krumm zu machen. Es ist ihr Mann, der arbeitet. Herr Professor Doktor Seidel – *Chefarzt*«, hat Tante Christiane leicht bissig geantwortet.

Und ich zurück: »Dann eben *Herr Professor Doktor Seidel*. Für achtfünfzig würde der nicht mal kleine krumme Finger abschneiden.«

Und sie darauf: »Dann sag ich den Seidels ab. Es war ja auch nur so eine Idee von denen.«

Und dann hab ich das Verhandlungsgespräch ganz klar endgültig abgebrochen und gesagt: »Okay, ich mach den Job. Wann und wo geht's los?«

Am darauffolgenden Dienstag ging's los. Bei den Seidels gegenüber in ihrer noblen Villa.

Wir waren gerade beim fünften Diktat, das ich dem kleinen Tristan nach mühevoller Vorbereitung aus seinem eigenen Schulbuch vorlas, da fragte er mich plötzlich: »Warum musst du überhaupt arbeiten? Ich meine, die Winters sind doch steinreich. Sagt Mutti jedenfalls immer, dass Frau Winter sich dumm und dämlich verdient, mit ihrem kleinen Pups-Job vor Gericht.«

»Aha? Sagt sie das?!«, habe ich dann aber nur gesagt und er dann noch mal echt hartnäckig hinterher: »Also warum?«

»Was willst du hören, Mann? Dass die Winters mich nicht ordentlich durchfüttern?«

»Ja! Ja! Zum Beispiel!«, war der kleine Tristan ganz begierig auf eine dramatische, tragische Geschichte, und da wollte ich ihn natürlich auch nicht enttäuschen und hab ihm erzählt, dass meine Eltern beim *MI6* arbeiten. Als Geheimagenten eben für die englische Krone. Und dass sie bei einem hoch geheimen Einsatz gegen den gemeingefährlichen Terroristen Mr Cooper, der die komplette Menschheit mit Weltraum-Strahlwaffen bedroht hat, aufgeflogen sind. Und dass dieser gemeingefährliche Mr Cooper sie nun als Geiseln gefangen hält und ziemlich sauer auf sie ist, weil Mum und Dad ihm ja auch seine Weltraumstrahlewaffen kaputt gemacht haben. Weshalb der MI6 beschlossen hat, die sieben Kinder der beiden zu verstecken. Bei wildfremden Familien sind wir untergekommen. Verteilt auf dem gesamten Erdball. Zu unserer eigenen Sicherheit. Zum Schutz vor möglichen Racheanschlägen des höchst wahnsinnigen Mr Cooper.

Ich hatte es mit den Winters ganz gut getroffen. Und auch meine Geschwister hatten Glück. Nur Margaret, meine *arme* Schwester Margaret, wurde nach Grönland verbannt. Dort muss sie bei einer Eskimofamilie leben. In einer armseligen Holzhütte, in der es keinen Strom gibt, kein warmes Wasser und WLAN schon mal gar nicht. Und jeden Morgen gibt es rohen, blutigen Fisch zum Frühstück.

»... und *das*, Tristan, ist der Grund, warum ich arbeite. Jeden verdammten Cent, den ich verdiene, schicke ich meiner armen Schwester Margaret nach Grönland. Damit sie sich wenigstens ein paar ordentliche Schuhe kaufen kann und nicht mehr barfuß rumlaufen muss«, schloss ich meinen Bericht, der einfach zu schön war, um wahr zu sein.

Tristan guckte mich mit großen, traurigen Augen an. Dann stand er plötzlich auf, verließ sein Zimmer und kam wenig später zurück. Mit einem Paar Schuhe, das er vor mir auf den Tisch knallte.

»Hier, Quinn. Schick die deiner armen Schwester. Die sind aus dem Schuhschrank meiner Mutti. Die hat so viele, das fällt der eh nicht auf, wenn die fehlen«, hat er dann zu mir gemeint.

Und ich dann natürlich sofort zurück: »Das ist echt lieb von dir, Tristan, aber …«

… dann habe ich gesehen, dass die Schuhe von *Prada* waren. Einer echten Nobel-Marke, die ich deshalb kenne, weil meine Mum ebenfalls oft Schuhe dieser Marke trug. Und wenn man eins meiner Mum nicht nachsagen kann, dass sie jemals billige Treter gekauft hätte. – *Schuhe sind die Basis! – Das teuerste Outfit ist wertlos, wenn der Schuh nicht stimmt,* sagt sie immer.

»... ich nehme sie wirklich nur, weil ich weiß, *wie* dringend die arme, arme Margaret ordentliche Schuhe braucht«, habe ich den Satz vernünftig beendet und die Schuhe sofort in meinen Rucksack gepackt. Um sie später über eBay zu verticken. Mit einem Startpreis von 500 Euro, die die Prada-Schuhe von Frau Seidel allemal wert waren.

Fünf Minuten später war meine erste Stunde als Nachhilfelehrer dann auch voll und ich verließ höchst zufrieden die Seidel-Villa. Mit 508,50 Euro die Stunde. *Das* entsprach schon eher meiner Vorstellung von Mindestlohn!

8 } Spencer

… jetzt guckt Spacko doof. Also wie immer. Doof! Doof! Doof! Und jetzt aber ganz besonders doof auf die Armbanduhr. Die ihm aber so was von gar nicht gehört. Hab ich doch genau gesehen, wie er die geklaut hat.

Ich sag dir, Kumpel, der Typ ist schräg unterwegs. Der krallt sich alles, was nicht niet- und nagelfest ist. Selbst Damenschuhe! Kein Scheiß! *Daaa-men-schuuu-hä!* – Krank ist das! **Krank! Krank! Krank! Krank! Krank!** … wo war ich stehen geblieben? Ah ja: *Damenschuhe!* Die hat er auch schon mitgehen lassen. Weiß ich doch alles. Hat er mir sogar selber erzählt. Als ich mal wieder allein mit ihm in seinem Zimmer war. Was ich deshalb war, weil ich den schrägen Vogel ungern aus dem Auge lasse. Du kannst dem nicht trauen. Weshalb ich auch freiwillig jede Nacht vor seiner Tür liege und Wache schiebe. Macht ja sonst keiner.

Jedenfalls hat er's mir selber erzählt alles und dass er die Schuhe verticken will, auch noch alles.

»... aber das behältst du fein für dich, nicht wahr, Wauwau?«, hat der Grinse-Spacko mich zugequatscht, die Schuhe dann unters Bett geschoben und weitergequatscht: »*Natürlich* behältst du's für dich. Weil du eh kein Wort verstehst. Weil du dämlich bist. Schlau wie Maja ... oder Willi. Such dir einen aus, Fellwurst.«

Was jetzt mal die totale Beleidigung war, mich mit diesen beiden Schwachmaten zu vergleichen. Aber da hab ich mir nix anmerken lassen. Soll Spacko ruhig denken, dass ich nix verstehe. *Vorteil – Spencer!*

»So, Schnuffi, und jetzt ab in den Garten. Karl wartet auf uns«, hat Spacko dann noch gesagt und dabei echt gefährlich blöd meine Birne getätschelt. – Was mich wirklich nervt! ... **nervt! Nervt! Nervt!**

Ich meine, was würdest du tun, wenn dir irgendein dahergelaufener Penner ungefragt auf der Rübe rumpatscht? Du würdest dem doch auch in die Hand beißen oder – was weiß ich – *irgendwie* anders klarmachen, dass du das echt nicht leiden kannst.

Ich jedenfalls hab dem Spacko dann – wie soll ich sagen – *gar nix* klargemacht. Wegen Karls Mama, verstehst du?

Falls nein: Spacko lief hier in *Schland* auf und dann saß Karls Mama am Küchentisch.

... also am nächsten Abend dann, von dem Tag an gerechnet, an dem Spacko hier auflief. Sie saß am Tisch und alle anderen auch und ich daneben. Außer Spacko. Der war oben in seinem Zimmer, um seinen beschissen schweren Koffer auszupacken. Das Rudel war jedenfalls komplett, Spacko nicht da und Sophia hat dann zu Karls Mama gesagt: »Der Engländer soll sich wieder verpissen! Er nervt!«

»JAWOLL!«, habe ich ihr da voll zugestimmt. **»ER NERVT! NERVT! NERVT! NERVT! NERVT! NERVT! NER...«**

»Pscht, Spencer! Nicht bellen!«, sagt Karl dann aber zu mir und ich hab dann auch damit aufgehört und dann sagt aber Karls *Papa* und nicht Karls *Mama* zu Sophia echt streng: »Zum letzten Mal, Sophia: Der *Engländer* hat einen Namen und er bleibt!«

»Sehr richtig!«, lobt Karls Mama Karls Papa und zu Sophia sagt sie noch: »Schließlich ist er der Sohn meiner Schwester. Es ist ja wohl das Mindeste, was ich ... also *wir* für die arme Anke tun können.«

»Das ist doch gelogen, Mann!«, kläfft Sophia echt frech zurück. »*Die arme, arme Anke!* Du kannst die doch überhaupt nicht ausstehen. Und die dich sowieso schon mal gar nicht. Die wollte ja nicht mal, dass ihre kleine Kröte ausgerechnet zu *dir* kommt. Weiß ich doch alles!«

Da sagt dann Karls Mama erst mal lange nix und alle gucken sie an und ich auch. Ich, mächtig gespannt auch, weil ich denke, dass Karls Mama gleich auf Sophia draufspringt, sie voll auf den Boden drückt und ihr in die Kehle beißt, um ihr *ganz* klarzumachen, wer hier voll der Alpha ist. *So* jedenfalls macht *meine* Mutter das immer, wenn sie mal echt sauer auf mich ist.

Macht Karls Mama dann aber alles gar nicht. Die bleibt einfach ruhig sitzen und sagt dann irgendwann zu Sophia nur leicht bissig: »Das ist schön, was du alles weißt, ***Kind!*** Dann weißt du ja sicher auch, dass ich … *wir* dem Jungen bieten können, was Anke ihm ***nie*** geben konnte. – Fürsorge! Erziehung! Ein *echtes* Zuhause!«

Weiß Sophia alles nicht. Jedenfalls sagt sie darauf nix, rollt nur mit den Augen und Karl dann aber zu seiner Mama: »*Ich* weiß das! Hast du Tante Anke alles gesagt. Am Telefon. Vor ein paar Tagen noch. War echt nicht zu überhören, Mama.«

Da kriegt Karls Mama eine rote Birne, sagt aber nix, Sophia dafür aber dann noch mal: »Der Engländer soll sich verpissen. Er nervt!«

»NERVT! NERVT! NERVT! NERVT! NERVT! NER…«, belle ich.

»Pscht!«, macht Karl.

»Der Engländer heißt Quinn und er bleibt!«, sagt Karls Papa streng.

»Quinn ist ***Familie***!«, setzt Karls Mama echt deutlich einen drauf und …

… das war's!

Verstehst du jetzt, was Sache ist? Karls Mama ist voll der Alpha im Rudel. Und wenn der Alpha sagt *›Spacko ist Familie‹*, dann ist das Gesetz. Dann darf man dem Spacko auch nicht mal mehr einfach so ans Bein pinkeln. ... nicht mal *das*!

Wie auch immer: Spacko also tätschelte ein paar Wochen später gefährlich doof auf meiner Birne rum, aber ich durfte ihm meine Reißzähne wegen allem eben nirgendwo reinhauen. Dann sind wir in den Garten, wo Karl schon auf uns wartete. Mit einem Stöckchen in der Hand.

Weißt du, Karl ist okay. Sehr okay sogar. Klar! Karl hat mich irgendwie übers Ohr gehauen mit den Fritten damals in der Türkei, weshalb ich jetzt hier bin in ... *Schland?!* Aber Schwamm drüber. Karl ist top! Karl ist meins! – So weit klar alles! Echt unklar, einfach unkapierbar ist Karls Ding mit dem Stöckchen. Da hat er irgendwie einen echten Hau. Karl hält es mir vor die Nase, dann wirft er's quer durch den Garten und ich soll's dann wieder holen. Was alles keinen Sinn macht, weil wenn er's selber wegwirft, dann kann er's auch selber wieder holen. ... was Karl dann ja auch immer macht. Und ich gucke ihm immer wieder echt ziemlich erstaunt zu, wenn er's macht.

»Er kapiert es einfach nicht!«, meinte Spacko doof zu Karl, als Karl dann auch zum x-tausendsten Mal das Stöckchen selber wieder holte.

»Quatsch! Natürlich kapiert er es. Irgendwann. Man muss einfach nur ein bisschen Geduld haben«, meinte Karl zu Spacko und dann warf er das Stöckchen wieder quer durch den Garten, sagte zu mir: »Spencer! Hol den Stock! ... *bitte!*«, und ...

... ich blieb liegen. Natürlich das.

Da guckt Karl mich ratlos an und ich ratlos zurück und Spacko sagt zu Karl: »Vielleicht solltest du das *›Bitte‹* weglassen, Charly-Boy. Das Ganze muss irgendwie schmissiger rüberkommen. Mehr so als Befehl. Dann gehorcht der Köter auch.«

»Sag nicht immer *Köter* zu Spencer und zu mir nicht immer *Charly-Boy*, das nervt.«

»Okay, okay, okay! Aber jetzt zeig ich dir mal, wie das laufen muss!«, erklärt Spacko dem Karl, stapft dann selber quer durch den Garten, kommt mit dem Stöckchen zurück, fuchtelt damit gefährlich dämlich vor meiner Nase rum, schleudert es dann genauso bescheuert wieder dahin, woher er es gerade geholt hatte, und brüllt mich an: **»Hol den verdammten Stock, bloody Bastard! NOW!«**

Ich setze mich gelangweilt auf, kratze mich am Ohr und lege mich wieder vor den beiden hin.

»*Aaah!* So läuft das! Verstehe ... *Quinny-Boy!*«, grinst Karl Spacko an und Spacko guckt ganz nachdenklich zu mir runter und dann ...

... grinst er auch. Aber ganz anders als Karl.
So link irgendwie.

»Warte!«, sagt er da zu Karl, geht rein in die Hütte, kommt wieder raus aus der Hütte. Mit einem Quietscheentchen in seiner Spackoflosse. – Doris!

»GIB SIE HER! HER! HER! HER! HER! HER! HER! HER!«, kläffe ich ihn voll wild, voll böse an und dann rückt der Arsch Doris aber gar nicht raus und was macht der Arsch mit Doris? Er schleudert sie quer durch den Garten über den Zaun. In den Garten von dem Penner von nebenan. Einfach so!

... was ein Fehler war, dass er's getan hat. Ein mächtig großer Fehler, weil: *Rache ist ein Gericht, das am besten kalt serviert wird!*

Den Spruch habe ich von meinem Onkel Don. An einem extrem milden Abend war's, als er ihn raushaute. Wir lagen alle schön gemütlich am türkischen Strand rum, ein türkisches Lüftchen wehte über den türkischen Sand, hinaus aufs türkische Meer, und am türkischen Himmel leuchteten die original türkischen Sterne. – Warum genau mein Onkel Don den Spruch da gebracht hat, kann ich dir nicht sagen, und kapiert hat da sowieso keiner, was er damit konkret meinte. Aber so ist er nun mal, der Onkel Don. Immer für einen Spruch gut.

... egal alles! Wenn Onkel Dons Spruch mal passt, wie Eckzähne in eine Wade, dann ja wohl jetzt, weil: Ich habe mich gerächt! Eiskalt!

9 } Quinn

Manchmal habe ich ja den Eindruck, dass die Töle da drinnen mehr kapiert, als ich denke. Was natürlich Quatsch ist. Hunde sind von Natur aus dämlich. Hunde können *Sitz* machen und *Platz* und *stinken* können sie auch wie die Weltmeister, aber wenn sie eins nicht draufhaben, dann *Denken*! Und die Ausgabe da drinnen schon mal gar nicht.

... einerseits! Andererseits hat die kleine, linke Ratte mich schon mal voll in die Pfanne gehauen. Was sehr wahrscheinlich nur ein dämlicher Zufall war, aber vom engen Timing her könnte man meinen, dass der Köter es aus *Rache* getan hat: *Erst* warf ich sein Quietscheentchen in Nachbars Garten, *dann* hat er mich in die Pfanne gehauen.

... also auch nicht *ganz* direkt dann, weil zwischen *erst* und *dann* ist er noch seinem Quietscheentchen hinterhergejumpt. Voll panisch über den meterhohen Zaun. Was ich ihm echt nicht zugetraut hätte, dass er es kann, aber da war wohl eben eine Menge Aufregung im Spiel, dass er's auf einmal doch konnte.

»Oups!«, hab ich da zu Karl gesagt, der genau in dem Moment neben mir stand.

»Scheiße, Quinn! Was soll das?«, brüllt der mich dann auch mächtig wütend an.

»Sorry, Charly-Boy, war keine Absicht.«

»Spencer in Hoffmanns Garten, äy! Wir kriegen ja so einen verdammten Ärger, Mann!«

»Heeeeeeeey, Buddy! Cool down«, beruhige ich den Knaben. »Wir gehen da jetzt rüber, holen den guten, alten Spencer raus und Ende der Geschichte.«

»Du hast ja *keine* Ahnung, Mann. Das hier ist *Krieg*. Hoffmann hat einen Prozess geführt. Gegen Mama. Wegen der neuen Einfahrt, weißt du? Die wollte er nicht. Mama aber. Hoffmann hat verloren und ... was machst du da?«, ruft Karl mir dann hinterher, als ich über den Zaun zu Hoffmanns Garten kletterte.

... und Karl dann schließlich auch.

»Spencer, my dear!«, ruf ich zu der dämlichen Fellwurst rüber, die in Hoffmanns Gemüsebeet rumstöbert – auf der verzweifelten Suche nach seinem Quietscheentchen.

»Nicht so laut, Mann. Wenn der uns hö...«, zischt Karl.

»Karl Winter!«, begrüßt ihn da aber auch schon Herr Hoffmann. Ganz plötzlich stand er da, auf seiner Terrasse. Überheblich grinsend.

»H... hallo, Herr Hoffmann!«, antwortet Karl ihm total erschrocken, und echt freundlich hinterher: »Das tut mir wirklich leid, Herr Hoffmann. Der Hund, wissen Sie?! Der ist uns abgehauen und ...«

»Karl, Karl, Karl«, unterbricht ihn Herr Hoffmann da aber einfach. »Du weißt schon, dass das hier Privatbesitz ist, nicht w...«

»Haben Sie eigentlich nicht zugehört?!«, muss ich ihn da unterbrechen. »Karl hat sich entschuldigt. Und warum wir hier sind, hat er Ihnen auch erklärt.«

Da guckt mich der Herr Hoffmann erst ein bisschen sprachlos an, fängt sich dann aber wieder und fragt mich: »Und *wer*, bitte schön, sind *wir*?«

»Wer *wir* sind? Was ist denn das für eine ulkige Frage? Wie, bitte schön, soll man denn darauf vernünftig antworten, Mr Hoffmann?«, sind meine logischen Gegenfragen.

»Wer ist das, Heinrich?«, höre ich da jemanden hinter Herrn Hoffmann fragen. Leicht kränklich auch. Eine Frau in knallbunten Klamotten.

›Mum würde sich übergeben, wenn sie das jetzt sehen müsste‹, denke ich und denke zu Ende, als ich das Schuhwerk der Lady sehe: ›Und dann würde Mum sich die Lippen abtupfen und der Lady da einen Gnadenschuss geben.‹

»*Quinn!* Quinn Taylor ist das. Mein Cousin«, antwortet Karl für Heinrich und weiter: »Das tut mir echt leid, Frau Hoffmann. Aber wir sind wirklich nur wegen Spencer hier. Der ist uns ausgebüxt.«

Sagt es *ganz, ganz klar und deutlich* und zieht gleichzeitig den Köter am Halsband aus dem Gemüsebeet.

»Das hier ist Privatbesitz, Karl. Das solltest du doch eigentlich wiss...«

»Ja, haben Sie's eigentlich *beide* mit den Ohren, Mann?«, muss ich ganz logisch da auch *Frau* Hoffmann unterbrechen. **»Karl–hat–sich–entschuldigt!Der–Hund–ist–der–Grund!!!«**

»Falsch!«, kränkelt Frau Hoffmann mich da fast mitleidig an. »Der Grund für euer Fehlverhalten ist mangelnder Respekt.«

»***Sehr*** richtig, Paula!«, lobt Heinrich seine Paula und zu mir sagt er so oberlehrerhaft und mit erhobenem Zeigefinger dann auch noch: »Jeder Mensch hat die Grenzen seiner Mitmenschen zu respektieren und darf sie *nicht* verletzen!«

»Ah, verstehe!«, sage ich. »Und wie ist es dann um die Grenzen der Dämlichkeit bestellt? Die können für Mitmenschen auch echt verletzend sein.«

Paula zittert, ihr Heinrich bebt. Beide sagen nichts.

»Nicht, Quinn, bitte«, quetscht Karl durch seine Zähne. »Das sind nicht nur unsere Nachbarn, sondern auch meine *Lehrer.*«

»Na, da passt doch eins zum anderen!«, haue ich fröhlich raus. »Lehrer wird man doch immer nur dann, wenn man zu doof fürs Medizinstudium ist. – **Right, Mr Hoffmann?**«

Paula brodelt, ihr Heinrich kocht, und der zischt dann auch: »Noch ein Wort, Bursche, und du fängst dir eine!«

»Das will ich sehen!«, ruft da jemand gut gelaunt vom Zaun herüber. – Tante Christiane.

»… … …«, sagt Herr Hoffmann und seine Frau »… … …« auch!

Um es kurz zu machen: Mr Hoffmann hat mir natürlich keine reingehauen. Das wäre einfach auch echt nicht schlau gewesen. Und schon gar nicht in Gegenwart einer amtlichen Staatsanwältin. Das hat selbst Lehrer Hoffmann gepeilt.

… was ich persönlich ein paar Tage später gepeilt habe, praktisch gesehen nach den Herbstferien bei meiner Einschulung hier in … *Grautvornixheim*: Herr und Frau Hoffmann wurden auch *meine* Lehrer! – Aber das ist nun wirklich eine komplett andere, wirklich *ziemlich* dämliche Geschichte, die ich dir irgendwann mal erzähle, aber nicht jetzt.

Fakt ist: *Erst* warf ich das Quietscheentchen, *dann* haute mich der Köter in die Pfanne. Wenig später eben. Nach unserem Ausflug in Nachbars Garten. In meinem Zimmer, wohin der Köter mir wieder gefolgt war. Was Karl übrigens nicht besonders witzig findet, also, dass *sein* Spencer mir ständig hinterherdackelt. Aber was soll ich machen?! Der Köter ist ganz verrückt nach mir. Der folgt mir auf Schritt und Tritt. Und dann pennt er sogar nachts vor meiner Zimmertür. Irgendwie echt rührend, aber auch ziemlich nervig, wenn ich mal aus dem Zimmer will und ich dann die Tür nur schwer aufkriege, weil da eben der sabbernde Türstopper ständig vorliegt.

Anyway: Ich war also in meinem Zimmer und der Köter guckte mir dabei zu, wie ich Sophias Laptop hochfuhr, was ich mir von ihr geliehen hatte. Also, als sie nicht da war. – Ihr *Zimmer* ist tabu! Von Laptop war nie die Rede. – Daher!

Ich fuhr es hoch, weil ich die edlen Prada-Schuhe von Mrs Seidel bei eBay reinstellen wollte. Was für mich – Quinn Taylor, dem 12- bis 14-jährigen Checker aus Liverpool – natürlich überhaupt kein Problem ist, weil ich bei eBay selbstverständlich ein eigenes Konto habe. Dad hatte es damals für mich eingerichtet. Als Geschenk zu meinem neunten, zehnten oder elften Geburtstag. Und weil man mit eBay allein nichts anfangen kann, hat er für mich auch ein eigenes Bankkonto eröffnet. Alles unter falschen Angaben, versteht sich.

»Früh übt sich!«, sagte Dad fröhlich, weshalb ich praktisch gesehen seit jenem Geburtstag ein Doppelleben führen kann. Als Quinn Taylor in der knallharten Realität und im Internet bin ich ... eine ältere Lady namens *Margaret Thatcher.* Was mein Dad besonders spaßig fand ... und alle anderen auch.

Ich rufe also gerade meine persönliche eBay-Seite auf, der Köter guckt zu, da klopft es an die Zimmertür und reinkommt: Tante Christiane.

»Entschuldige die Störung, Quinn. Ich wollte nur mal hören, wie es mit deiner ersten Nachhilfestunde lief.«

»Bestens!«, habe ich ihr da breit grinsend und wahrheitsgemäß geantwortet, da ...

... fängt die Fellwurst plötzlich wie irre an zu kläffen.

»Ja, was hat er denn?«, fragt Tante Christiane und ich sag: »Keine Ahnung!«, und im selben Moment robbt der Köter unter mein Bett und kommt kurz darauf wieder zum Vorschein ... mit einem empfindlich teuren Schuh der Marke Prada in seinem sabbernden Maul.

»Ja, was ist denn das?«, fragt Tante Christiane.

»Ein Sch... Schuh«, antworte ich.

»Das sehe ich selbst. Aber was macht *der* unter deinem Bett.«

Der Köter lässt den ersten Schuh fallen, robbt wieder unters Bett, holt den zweiten hervor und lässt ihn neben den ersten fallen.

»D… der … *die* …«, antworte ich auf der Suche nach einer vernünftigen Erklärung und die vernünftigste, die mir dann einfällt, ist: »… die Schuhe gehören Mum.«

»Ach?!«, macht Tante Christiane erstaunt.

»Äh … ja … *ach*, habe ich ganz vergessen alles. Mum hat mir die Schuhe mitgegeben. … öhmmm … für dich! Die soll ich dir geben … aus … hmmm … Dankbarkeit!«

»Anke! Dankbar!«, wiederholt Mums Schwester Christiane tonlos.

»Äh … ja: *Dankbar!* Weil du dich ja auch um mich kümmerst … und so.«

»Die kleine eingebildete Bitch! *Almosen!* Was glaubt die eigentlich, wer ich bin, die blöde Zie…«, rutscht ihr da knurrend raus und dann kriegt sie aber gerade noch so die Kurve, hebt die Schuhe auf und stellt ganz verzückt fest: »*Prada!* … wie hübsch!«

… und geht dann ab … also aus dem Zimmer raus. Mit zwei Schuhen der Marke Prada … für 250 Euro, das Stück … *mindestens.*

Und jetzt pass auf: In dem Moment, wo sie die Tür hinter sich schloss, hat mich der Köter angegrinst, von einem Schlappohr zum anderen. Ich schwöre dir, dass ich mir das *nicht* eingebildet habe.

Jetzt frag ich dich, my friend: Ist das noch Zufall? – Wahrscheinlich ja! Hunde *sind* dämlich. Hunde können *nicht* denken. Und dieser ... dieser ... dieser *Fellsittich* da schon mal gar nicht.

... trotzdem echt seltsamer Zufall, oder?

Was dann übrigens absolut *kein* Zufall war, dass ich noch am selben Nachmittag mächtig großen Ärger bekommen habe. ... mit Tante Christiane. Was ganz stark mit Frau Seidel zu tun hatte, die Tante Christiane und ich noch am selben Nachmittag getroffen haben. Auf der Straße. Zufällig. Kurz bevor wir in den Mercedes Benz gestiegen sind.

Tante Christiane wollte noch ein paar Einkäufe erledigen, und weil Prinz Karl keine Böcke hatte, musste ich dann mit. Tüten schleppen und so.

Wir steigen also gerade in den Benz ein, da trällert Frau Seidel mordsfröhlich von der anderen Straßenseite her rüber: »Was für ein Zufall, Frau Winter!«

Und Tante Christiane fragt mordsfröhlich zurück: »*Was* für ein Zufall, Frau Seidel?«

Worauf Frau Seidel weiterträllert: »Die *Schuhe*! Ich habe dieselben«, und gleichzeitig zeigt sie auf die noblen Prada-Schuhe, die meiner Tante wie angegossen passen.

Und *die* sagt dann auch: »... ach?!«, und Frau Seidel sagt: »Ja! Nur meine habe ich leider verlegt.« Und Tante Christiane wieder: »Ach?!«, und Frau Seidel sagt: »Ja, ach! Verlegt. Dummerweise.« Und Tante Christiane noch: »Ja, was für ein Zufall!«

... und dann haben sich die beiden mordsfröhlich angekichert vor lauter Zufall, Tante Christiane startete den Benz-Motor, fuhr mit mir los und ...

... ging hinter der nächsten Ecke voll in die Eisen und machte mich dermaßen zur Sau, weil sie natürlich ganz klar gepeilt hat, wem hier was *wirklich* gehört. Frau Seidel – die Schuhe, die ...

... Tante Christiane dann übrigens behalten hat. Weil sie die der Frau Seidel schlecht zurückgeben konnte, ohne dass es voll peinlich geworden wäre ... und weil sie ihr ja nun mal auch wirklich ganz ausgezeichnet stehen, die noblen Prada-Schuhe.

... fünfhundert Euro! Mindestens! ... Mistköter!

Aber soll ich dir was sagen? Ich brauche *Prada* gar nicht! Weil jetzt habe ich *Rolex*! Eine Armbanduhr aus der Schweiz eben. *Zufällig* gefunden. Unter einem Sofakissen. Hier in der Wohnung eben.

... ach, Charly-Boy! Für einen Einbruch braucht man zwei Minuten. Allerhöchstens fünf! 60 Minuten ist *deutlich* drüber! Da könnte man schon mal auf die Idee kommen anzurufen, nachzufragen, ob denn alles okay ist.

Nichts ist okay und Karl ruft *nicht* an.

10 } Spencer

... ach, Onkel Don! Welchen weisen Spruch er jetzt wohl gerade raushaut, da, an dem türkischen Strand, mit dem türkischen Lüftchen drum herum und ... dem ganzen Krempel.

... *seufz!*

Längst wäre ich zurück, wenn der Spacko da nicht wäre. Längst. Aber so was von längst.

... andersrum muss ich jetzt aber auch mal sagen, dass Spacko da draußen ganz nützlich sein kann. Weil er eben dämlich ist. Weshalb ich mittels seiner Dämlichkeit schon öfter den *I.p.t.m.f.P.* ausführen konnte. Fünf bis drei Mal mindestens.

Der *I.p.t.m.f.P.* ist auch wieder eine höchst komplizierte Abkürzung. Sie steht für den extrem genialen ***I**ch-**b**in-**d**ann-**m**al-**w**eg-**P**lan.*

Das letzte Mal, als der Spacko dafür nützlich war, war mitten in der Nacht ...

... ich lag vor Spackos Tür rum und schob Wache, da ...

... bin ich plötzlich wach geworden. Weil der Spacko aus seinem Zimmer raus ist. ... also *ganz* genau genommen ist er *erst* aus seinem Zimmer raus, *dann* bin ich wach geworden.

Was aber auch jetzt mal echt scheißegal ist, dass ich's nicht gemerkt habe, wie Spacko unbemerkt ausgerechnet an *mir* vorbeikommen konnte. Und überhaupt habe ich dann ja auch seine Witterung aufgenommen. Was ich ganz grundsätzlich, extrem *prinz-i-pi-äll* deshalb kann, weil ich – Spencer, der Jäger, das Raubtier – über ein höchst empfindliches Organ verfüge, welches *Nase* heißt. Also, was den Namen *Nase* auch echt verdient und so was von gar nicht vergleichbar ist mit der Gurke, die beispielsweise in deinem Gesicht rumwackelt. Im direkten Vergleich nämlich kann ich mindestens eine ganze Million mal besser riechen als du. Sorry, das sind hier die knallharten Fakten, sind das hier. Aber so was von knallhart.

... aber jetzt echt auch kein Grund, die Schlappohren hängen zu lassen, Kumpel. Ganz sicher hast du ein paar Sachen drauf, die ich nicht draufhabe. *Ganz, ganz, gaaanz* sicher, das!

... ... *Türen von innen aufmachen*, fällt mir da jetzt leider nur ein. Aber das ist doch was! Könnte ich gern. Kann ich aber nicht. Alles schon erzählt.

Und weil ich's eben *nicht* kann, fand ich's dann auch mal so richtig genial von mir, dass ich in dieser Nacht die Witterung von dem Spacko aufnahm und mich nicht gleich wieder aufs Ohr gehauen hab. Denn die Spackospur führte mich direkt bis zur Haustür und die war auf. Nur ein kleiner Spalt, weil dazwischen irgendwie so eins von den Blätterdingern rumlag, die Karls Mama und Karls Papa sich öfter mal vors Gesicht halten.

Weil der Spacko es exakt da verloren hat und dann hat er die Tür nicht mehr zugekriegt. Zu dämlich, sag ich dir.

Egal: Der Spalt war klein, aber groß genug, dass ich die Tür öffnen konnte. Ich war draußen! Frei! Bereit für den *I.p.t.m.f.P.*. Ich und …

›**… Doris!**‹, ging es mir total blitzig durch die Birne, als die Haustür hinter mir zufiel. … weil ich das Blätterding ganz doof irgendwie mit nach draußen gekickt hatte, als ich selber da durch bin.

Aber: *Ein Hund muss tun, was er tun muss*, wie Onkel Don immer wieder mal gerne sagt, weshalb ich dann eben ohne Doris den Heimweg in die Türkei angetreten hab.

›Ich hol dich nach, Doris! Versprochen!‹, dachte ich ernst, als ich durch die nächtlichen Straßen dieser Stadt lief, die übrigens *Göttingen* heißt, falls ich das noch nicht erwähnt haben sollte. *Göttingen* in *Niedersachsen* in … *Schland*?!

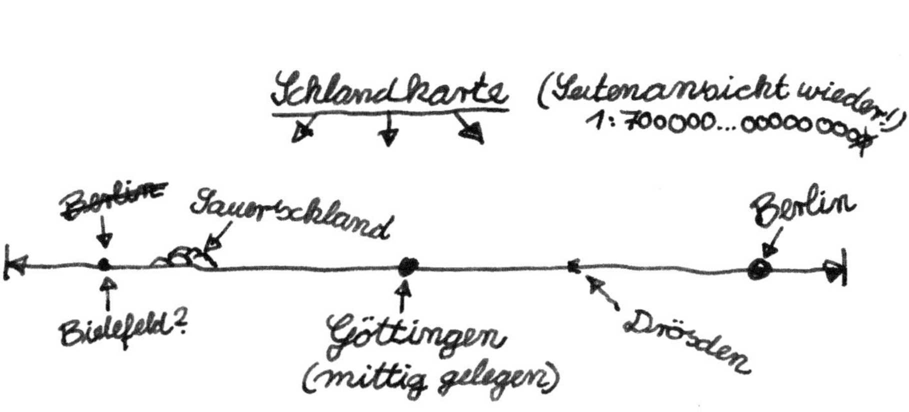

Egal: Ich lief und lief. Auf der Suche nach einem Taxi, das mich zum Flughafen bringen sollte.

Und dann habe ich auch eins gefunden. Startklar stand es da. Auf einem Parkplatz. Mit Fahrer drin und Beifahrertür auf. Alles war perfekt! – Ich also bereit für den Sprung in das Taxi – dem Sprung in die Türkei, quasi – und …

… dann war da auf einmal diese Hundelady, die direkt vor meiner Nase an mir vorübertippelte. Superfell. Superbeine. … *supergeil*.

›Die Türkei kann warten!‹, dachte ich extrem *logistisch* und stürmte kläffend auf die Hundelady zu.

Und ich sag dir: Die Lady gab alles. … also praktisch hat sie einen Gang zugelegt und ist vor mir weggerannt.

Und ich dann aber erst recht hinter ihr her und sie dann erst recht noch schneller weg und ich hinterher und sie weg und alles quer durch die Stadt und vorbei an Spacko, der da irgendwo auf einer Leiter doof rumstand und neben ihm: Karl! Und da hab ich noch gedacht, dass Karl hier nix verloren hat mitten in der Nacht und schon mal so was von gar nix zusammen mit Spacko und …

… da war mir das aber alles echt nicht ganz so wichtig, weil ich die Hundelady ja auch fast eingeholt hatte und dann ist sie mir doch entwischt. Am Ende der Straße. Also genau da, wo zwischen Hundelady und mir ganz urplötzlich ein Auto war. Eins von der Sorte mit Lampen auf dem Dach und fetten Buchstaben auf jeder Seite. – *POLI*… und irgendwas.

Jedenfalls, die POLI-Kiste war ganz urplötzlich da und ich dann ganz urplötzlich mal kurz weg, weil ich nämlich mit der Birne voll da reingebrettert bin. Und als ich wieder einigermaßen klar in der Birne war, hab ich gepeilt, dass irgendein Heinz mit Mütze drauf mit seinen Wurstfingern auf meiner Birne rumpatscht, was ich – wie gesagt – echt nicht leiden kann, wenn man's ungefragt tut, weshalb ich dem Heinz einmal kurz in seine Wurstfinger beißen musste und einem anderen Mützen-Heinz dann auch noch mal so *halb voll* in die Wade, weil *der* nämlich mein Halsband nicht loslassen wollte, dann aber auf einmal doch und ich bin dann abgehauen. In die andere Richtung wieder.

Vorbei an Spacko auf seiner Leiter mit Karl daneben. Und hinter mir her die Heinzis mit ihrem POLI-Mobil mit Lampen auf dem Dach, die tierisch Krach machen, wenn sie an sind. – Und dann: Die Rettung! Das Taxi. Immer noch auf dem Parkplatz. Mit Fahrer drin und Beifahrertür auf. Ich, da reingehechtet, kläffe den Fahrer an, dass er ***jetzt jetzt jetzt jetzt jetzt*** losfahren soll, was der Depp dann aber nicht kapiert und stattdessen einen Pappbecher hochwirft und eine Tüte Pommes auch noch und dann springt der Idiot aus seinem Taxi, knallt die Fahrertür zu, rennt ums Taxi rum und knallt die Beifahrertür auch noch zu und kurz darauf drücken sich meine POLI-Heinzis die Nasen an der Taxischeibe platt, was …

… mir dann aber so was von scheißegal war, weil das ganze Taxi voll mit Pommes war. Mit Mayo drauf. Mmmmh… mjamm-mjamm-mjamm-mjamm-mjamm …

... und als ich fertig war mit essen, war dann auch schon Lothar da.

Lothar kennst du nicht. Lothar ist der Typ, der immer dann auftaucht, wenn einer meiner supergenialen Fluchtpläne mal nicht ganz so rund läuft. Lothar arbeitet im Tierheim und ...

... Lothar nervt! ... **nervt! Nervt! Nervt!**

11 } Quinn

Mistköter! Jetzt kläfft er wieder. *Wau, wau, wau.* – Keine Ahnung, warum! Ich verstehe sie nicht. Ich meine *Tiere* im Allgemeinen jetzt. Die einen kläffen, die anderen quietschen und *alle* Tiersorten zusammen tun es *ganz* gezielt, *extrem* sinnfrei. Und nebenbei scheißen sie den kompletten Planeten Erde zu. Seit Millionen von Jahren tun sie es. Ich meine, guck dir den Menschen an. Rein kopftechnisch gesehen, ganz andere Liga. Der Mensch denkt nach, bevor er den Mund aufmacht. ... na ja, außer Margaret. Was jetzt aber auch wieder voll nicht das Thema ist. Thema ist: voll der Mensch! Der Mensch denkt nach, bevor er spricht. Hat er immer schon getan. Seit Millionen von Jahren schon. Und dann hat er Dinge erfunden, damit er nicht dauernd über das quatschen muss, worüber er gerade nachgedacht hat. Die *Keilschrift* zum Beispiel ... und das Smartphone gleich hinterher, damit er jedem, den's interessiert, über WhatsApp, Facebook, Twitter ... *Tweedle Dee and Tweedle Dum* auch gleich mitteilen kann, was er grade so denkt oder macht auf der Toilette oder was weiß ich: auf einem Balkon, spätabends, mit nur noch einem Schuh an! *Das* macht Sinn! Ich meine ...

DER MENSCH
(IN EXTREMER DENKERPOSE)

... ich sollte allmählich einfach mal vernünftig darüber nachdenken, wie ich hier wieder runterkomme, bevor der Kretschmann auftaucht. Eben der Typ, dem die Bude hier gehört. Das wäre einfach wirklich nicht gut, wenn der hier auftaucht, weil Kretschmann ist kriminell. Amtlich. Was ich deshalb so ganz genau weiß, weil ich seine amtliche Akte kenne. Die habe ich nämlich zufällig gefunden. Als ich allein im Haus der Winters war. Vor zwei Tagen war das. In Tante Christianes Arbeitszimmer. *Da* habe ich sie gefunden. Rein zufällig im Schreibtisch. In der dritten Schublade von oben. In einem Stapel Akten von Kretschmanns Berufskollegen ... also anderen Kriminellen. Schließlich will man ja ganz normal wissen, an welchen Fällen die eigene Tante so arbeitet. Und im Einbrecher-Fall *Kretschmann* muss man sagen: Der Typ ist nicht nur kriminell, sondern auch kriminell dämlich.

Nicht dass du mich missverstehst: Rein prinzipiell sehe ich das so, dass *alle* Einbrecher kriminell dämlich sind. Das ist einfach voll asi, in fremde Wohnung einzusteigen. ... was jetzt **rein gar nichts** mit *meinem* Einbruch hier in Kretschmanns Bude zu tun hat. Das war ein Notfall. Ging gar nicht anders. Kann ich dir alles erklären. Mach ich auch gleich, wenn ich noch dazu komme, aber ...

... Fakt ist erst mal: Kretschmann ist deswegen ganz besonders kriminell dämlich, weil er schon ein paar Mal ganz bescheuert aufgeflogen ist. – Personalausweis am Tatort verloren, sein Käppi mit Namensschild drin auch schon mal. Oder ein anderes Mal hat er sich zum Einbruch mit seinen Kumpels verabredet ... über *Facebook.*

Rein ligatechnisch gesehen liegt der Kretschmann also irgendwo zwischen Fellwurst, Kacksittich ... und Margaret vielleicht auch noch. Was jetzt aber auch eine echte Beleidigung wäre, meine eigene Schwester mit dem Kretschmann zu vergleichen. ... also für Kretschmann, versteht sich. – *Margaret!* Margaret nervt! Margaret ist aber nicht das Thema! Voll nicht!

… aber nerven tut sie trotzdem und das voll! Immer noch! Obwohl zwischen ihr und mir jetzt mindestens 1000 Meilen liegen. Sie hat den Bogen einfach raus, einem ganz gewaltig auf die Eier zu gehen. Wie gerade noch vor ein paar Tagen. Über Facebook. Darüber halten wir Kontakt. Also *sämtliche* Taylor-Geschwister, nicht nur Margaret und ich. Klar! – Was übrigens *meine* geniale Idee war. Natürlich. Ich habe die höchst geheime Facebookgruppe *Ultimate goal* gegründet. Für den Masterplan, verstehst du? Damit jeder Taylor auf dem Laufenden ist, was das *absolute Endziel* angeht. Das *Ultimate goal* eben. – Die Rückkehr der Taylors. Die Wiedervereinigung. – Was ich allen Taylors exakt so geschrieben habe, damit sie wissen, worum es geht. Und was schreibt Margaret zurück? Sie schreibt zurück: »Worum geht's, Schwachkopf?«

»Rückkehr, Wiedervereinigung, … du Null!«, fasse ich extra für sie dann noch mal ordentlich zusammen.

Und Robert schreibt darauf: »London ist *soooooooo* geil.«

»Was du nicht sagst?!«, antwortet Dylan, der mit Robert bei Onkel Bruce in London lebt.

»Ich will nicht wiedervereinigt werden«, schreibt Margaret und dann noch: »Schon gar nicht mit dir, Quinny Baby. Das ist ekelhaft.«

»:-))))))«, klinkt sich die kleine Elizabeth vergnügt ein und mein kleiner Bruder Floyd schreibt: »Ganz liebe Grüße aus Manchester. Mir geht es prächtig. – Euer Floyd.«

»Wer ist Floyd? ;-)«, fragt Helen.

»>:-(«, antwortet Floyd.

»Also! Wie sieht's aus, Leute? Irgendwelche Vorschläge, Ideen?«, komme ich noch mal sehr konkret auf das eigentliche Thema zurück.

»The times they are a-changin'«, antwortet Dylan mal wieder komplett irre unverständlich am Thema vorbei und Margaret zuletzt: »Zu welchem Thema, Schwachkopf?«

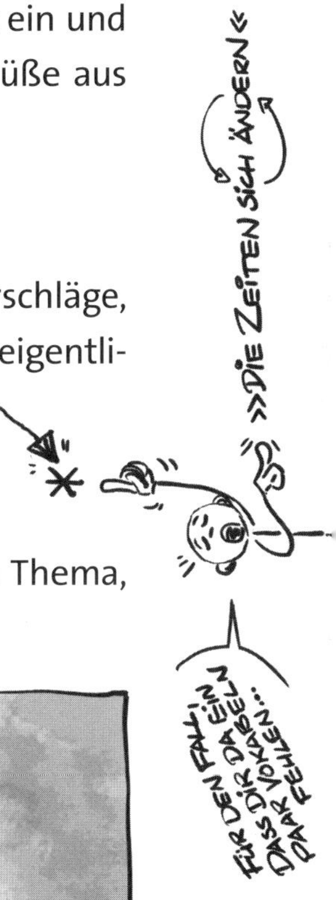

Wie gesagt: Dieser feingeistige Chat fand vor ein paar Tagen statt. Echt enttäuschend, sage ich dir. Keine Vorschläge! Keine Ideen! *Nichts!* Und zu *Nichts* kommt dann eben noch *die Null* obendrauf. Also *Margaret* … dieses negativgeladene Doof-Teilchen.

But, old boy: Wenn die *alle* nicht ganz bei der Sache sind, *ich* dann umso mehr. *Ich* mach meinen Job. Mit genialen Geschäftsideen. Ich bring die Kohle für den Masterplan schon zusammen. Wenn es sein muss, auch nachts. Wie beispielsweise neulich noch …

… alles war von mir – wie immer – perfekt durchgeplant: Mitternacht! Die Winters schliefen. Und der enddämliche Türstopper vor meiner Zimmertür sowieso. Ich raus aus dem Haus. Mit Schraubenzieher in der Hand und der Haushaltsleiter aus dem Abstellraum unterm Arm. Und – ganz wichtig – Goethe! Also jetzt ein schmales Büchlein von ihm, dass ich zwischen die Haustür geklemmt hatte, damit ich später, nach getaner Arbeit, auch wieder reinkäme ins Haus.

Dann bin ich los. Ziel: Schlachthofstraße und …

... jetzt nur mal so für den Fall, dass du dich hier in ... *Gähnheim* nicht ganz so gut auskennst: Die Schlachthofstraße selbst ist total uninteressant. Da gibt es nichts, wofür es sich lohnen würde einzusteigen. – Es ist die *Schlachthofstraße* selbst. Der Straßenname, verstehst du? Das Schild. – Wenn man so ein Schild bei eBay-England reinstellt, kann man sich eine goldene Nase verdienen. Ich sag dir: *Deutsche Straßenschilder!* Da sind meine Landsleute ganz heiß drauf. Die stellen sich die Teile im Garten auf oder – was weiß ich – nageln sie sich an die Wohnzimmerwand. Und wenn dann Besuch kommt, lachen sich alle immer kaputt, weil keiner aussprechen kann, was auf dem deutschen Schild draufsteht. Und wenn dann auch noch *Schlachthofstraße* draufsteht, wie witzig ist das?! Sag das mal als Engländer: *S-chl-ach-tho-fstr-aße.* – Irre witzig, oder?! ... nein?

Anyway: *Das* war meine geniale Geschäftsidee und dann war die Umsetzung dieser Geschäftsidee wider Erwarten etwas schwierig, weil – a: der Schraubenzieher nicht passte ...

… und b: Karl plötzlich aufkreuzte, während ich feststellte, dass der Schraubenzieher nicht passte.

»Was machst du denn hier?«, fragt er mich da total erschrocken.

»Das fragt ja mal der Richtige. Was machst *du* hier?«, frage ich zurück, sehr cool selbstverständlich … und auch nur ein *bisschen* erschrocken.

»Ich?«, fragt Karl.

»Wer sonst, Charly-Boy?!«

»Sag nicht immer *Charly-Boy* zu mir, das nervt!«

»Also?«

»Also *was*?«

»Was du hier machst!«

»Ich hab zuerst gefragt und …«, sagt Karl dann noch ein halbes Mal, entdeckt dann den Schraubenzieher auf dem Gehweg, guckt zum Straßenschild hoch und kombiniert messerscharf: »… du willst das Straßenschild klauen?! Sag mal, Taylor, geht's noch?!«

»Öhmm, ja, ich will! ... und: Nein, geht nicht mehr! Du hast nicht zufälligerweise einen 14er Sechskantschlüssel dabei?«, grinse ich ihn an.

»Ob ich ...? – Nein, natürlich nicht, Mann! Das ist absolut verboten, was du da machst!«

»Und dass du, *zwölfjährig*, nachts um halb eins hier rumspazierst, ist erlaubt, oder was?!«

»Das ist was anderes. Was *ganz* anderes ist das!«, behauptet Karl und dann aber auch noch ein bisschen knödelig hinterher: »... ich war bei Jasper. Basketball gucken. *NBA*. Die Play-offs live aus Amerika. Die sind ja immer nur nachts. ... also wenn *hier* Nacht ist. Nicht bei *denen*, logisch, weil ... Was aber auch alles echt scheißegal ist, Mann. – Du behältst es für dich, ja?«

»Kommt drauf an!«

»Kommt *worauf* an?«

»Darauf, dass ...«, antworte ich noch und dann ...

Schlachthofstraße
Schlachthofstraße
TATÜ
Schlachthofstraße
POLIZEI
Schlachthofstraße
TATA

... rennt ein Köter an uns vorbei. Laut kläffend einem anderen Köter hinterher. – Spencer.

»Was hältst du davon, wenn wir beide *jetzt* nach Hause gehen und so tun, als hätten wir uns hier nie getroffen?«, schlage ich Karl vor, nachdem der Köter mit den Cops hinter der nächsten Straßenecke verschwunden ist.

Karl guckt noch mal zu der Straßenecke hinüber und dann wieder zu mir hoch und meint: »Deal!«

... und dann haben wir uns zügig von der Schlachthofstraße entfernt und sind nach Hause gegangen. Zusammen.

Für den Köter kam eh jede Hilfe zu spät. Früher oder später würden ihn die Cops *irgendwie* stellen und ins Tierheim verfrachten. In dem Punkt jedenfalls war die Fellwurst sehr verlässlich, weil sie bisher *immer* im Tierheim gelandet ist, nachdem sie abgehauen war.

Sehr vorteilhaft war dann übrigens auch für mich, dass Karl und ich zusammen nach Hause gegangen sind, weil ich ohne Karl und seinem Schlüssel nicht ohne Weiteres wieder reingekommen wäre. Goethes Faust hatte versagt! ... also das Büchlein von ihm. Das lag vor der verschlossenen Haustür rum. Dank der Fellwurst sehr wahrscheinlich.

... der darauffolgende Morgen war dann auch *very special*. Beim Frühstück fragte Onkel Achim irgendwann in die Runde: »Wo ist eigentlich der Hund?«

Tante Christiane, Onkel Achim und Sophia guckten sich verwundert um und Karl und ich auch. Was von uns natürlich nur gespielt war. Und während ich mir noch ein paar Sätze zusammenreimte, mit denen ich klarmachen wollte, *wie* sehr ich in Sorge um die verschwundene Fellwurst sei, sprang Karl aber auch schon bühnenreif auf, rannte durchs komplette Haus, brüllte dramatisch ***Spencer! Spencer!***, kam dann wieder zurück in die Küche und sprach sehr ausdrucksstark mit wackliger Stimme, dass mir selber fast die Tränen kamen: »Mein Spencer! Spencer ist weg! Wie konnte das nur passieren?«

Worauf Sophia genervt ihr halbes Nutella-Brötchen auf den Teller fallen ließ und der Runde knurrend mitteilte: »*Ich* war's! Ich habe Spencer mitten in der Nacht an eine Wurstfabrik verkauft. Dann habe ich sein Quietscheentchen die Toilette runtergespült und Maja und Willi gleich hinterher! – Zufrieden?«

Da rollten alle leicht genervt die Augen, weil *alle* natürlich wussten, dass Sophia Bullshit erzählt. Und Karl ist dann aber doch noch mal sicherheitshalber zum Vogelkäfig in die Ecke rübergewetzt und hat das Handtuch runtergerissen.

»*Quietsch, quietsch*«, begrüßten Maja und Willi den neuen Tag, der für die beiden Denkgranaten *ganz plötzlich* angefangen hatte.

Nach dem Frühstück rief Onkel Achim dann beim Tierheim an, um nachzufragen, ob da zufälligerweise ein mittelgroßer hellbrauner Hund abgeliefert worden sei. – Ja, war! Was jetzt für alle nicht die ganz dicke Überraschung war, weil der dämliche Köter, wie gesagt, da *immer* landet, nachdem er entlaufen ist, und …

… *das*, my friend, ist auch schon exakt das Grundthema hier von *allem*! Eine *entlaufene Fellwurst*. Damit fing alles an. Heute Nachmittag. Im Park. *Da* fing es an und …

… endete hier!

12 } Spencer

Lothar nervt! **Nervt! Nervt! Nervt!** ... alles schon gesagt, oder?! Aber ist nun mal so. Kann man gar nicht oft genug wiederholen. ... er nervt!

... und das vor exakt fünf Minuten noch ... oder Stunden. Was weiß ich. Auf jeden Fall *heute Nachmittag* war das, als Lothar mir mal wieder ganz doof, ganz nervig in die Quere kam. Praktisch auf dem direkten Heimweg in die Türkei – *Da!*

Sache war die: Karl und ich waren draußen. Im Park. Zusammen mit Spacko hier. *Gassi gehen!*, wie die das hier nennen. Was natürlich falsch ist, es so zu nennen. *Ganz* falsch! So einer wie ich, der geht nicht *Gassi*, der markiert sein Revier. So sieht's aus.

Egal alles, pass auf: Ich, heute, mit Karl im Park, und Spacko war mit. Was mir tierisch auf den Sack ging, dass er mit war, weil der dauernd auf meinen Pillermann geglotzt hat, während ich mein Revier markierte. Ich ***kann*** so nicht arbeiten.

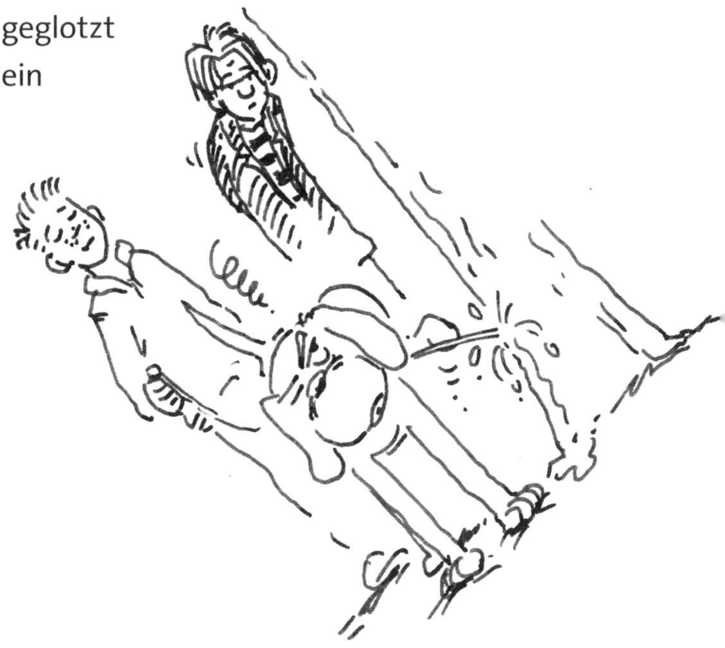

Bis er dann irgendwann mal Karl selten dämlich gefragt hat: »Warum hebt der Köter eigentlich immer sein Bein, wenn er pinkelt? Ist doch total unpraktisch. «

»Sag nicht immer *Köter*, das nervt«, hat Karl da mal wieder super geantwortet und dann noch superkorrekt hinterher: »Ist, glaub ich, so ein Machtding bei Hunden. Damit sie höher abspritzen können. Je höher, desto besser.«

So ist das nämlich, Kumpel! Größe zeigen! Den anderen Arschlöchern klarmachen, wer hier der Chef im Revier ist. *Ich*, ganz klar! *So* sieht's aus.

Und was sagt Spacko doof? Spacko sagt doof: »So ein Schwachsinn. Ich stell mich beim Pinkeln ja auch nicht auf die Klobrille, um dir zu zeigen, dass ich die Macht habe.«

»Kannst du ja mal versuchen«, grinst Karl. »Mit Beinanheben aber! Freihändig alles!«

»Ich warne dich! Ich tu's!«, grinst Spacko doof zurück. »Dann bin ich der King und du ...«

»H… Hi, F… F… Fabienne«, nuschelt Karl mit roter Birne plötzlich.

… also nicht zu Spacko dann, sondern zu dem Mädchen, was an uns vorbeigetippelt ist, plötzlich. Mit Louis daneben. Natürlich mit *Louis* daneben. Jeden verdammten Tag tippelt diese Fabienne mit ihrem bescheuerten Louis an uns vorbei. … *ohne* Leine das!

»Hi, Karl!«, sagt Fabienne dann auch immer jeden Tag und tippelt weiter. Mit Louis daneben, ohne Leine dran, und *dem* belle ich dann auch jeden verdammten Tag hinterher: **»Blödes Arschloch! Blöd! Blöd! Blöd!«**

Und Louis dann immer total blöd zurück: **»Selber blöd!«**

»Ja, wer war denn *das*?«, fragt Spacko Karl ganz verzückt, als diese Fabienne dann eben auch heute an uns vorbeigetippelt ist … mit Arschloch Louis ohne Leine dran alles.

»Nicht so wichtig«, nuschelt Karl mit roter Birne. »Fabienne eben.«

»ÄY, FABIENNE!«, brüllt Spacko Fabienne hinterher, Fabienne bleibt stehen, guckt sich um, kommt zurück mit Arschloch Louis ohne Leine dran, Karls Birne wird rot wie die türkische Sonne, wenn sie knapp überm Meer rumhängt, und Fabienne fragt Quinn: »Kennen wir uns?«

»Noch nicht! ***Hä! Hä!***«, grinst Spacko dämlich und Karl schiebt schnell hinterher: »Das ist mein Cousin Quinn. Aus England. Der ist noch neu hier. Tut mir leid, Fa…«

»Welcome to Germany, Quinn!«, lacht Fabienne Spacko an und der lacht doof zurück: »Thank you, my fair Lady!«, und mindestens genauso doof hinterher: »Der ist aber … *drollig*, der Kleine. Wie heißt der denn?«

»Das ist Louis«, antwortet Fabienne.

Und Spacko wieder: »Oh, *Louis!* Das ist aber ein schöner Name für diesen … diesen … *Dings* … diesen …«

»… *Beagle!* Louis ist selbstverständlich ein *Beagle*«, macht Karl dann leicht angepisst den Satz voll.

»Arschloch-Beagle!«, knurre ich Louis, den Beagle, an.

»Selber Arschloch!«, kläfft Arschloch-Beagle Louis extrem blöd zurück.

»Du musst deinen Hund von der Leine nehmen«, sagt Fabienne zu Karl. »Hunde sind dann viel entspannter, weißt du?! Die kommen dann viel besser miteinander klar.«

»Ich mach dich klar, Arschloch«, knurre ich Arschloch-Beagle Louis an und der kläfft zurück: **»Mach doch! Komm! Komm! Komm!«**, weil der Feigling ganz klar sieht, dass ich an der Leine hänge.

»Wäre jetzt, glaube ich, nicht so eine gute Idee, Spencer loszumachen«, sagt Karl echt weise. »Außerdem haut er dann immer ab.«

»Das ist doch Quatsch, Charly-Boy«, plappert Spacko dämlich. »Du musst Spencer einfach mal vertrauen. Vertrauen ist wichtig für Hunde. – Stimmt's, Fabienne?«

»Stimmt, Quinn«, sagt Fabienne und ...

… da, Kumpel, macht der mächtig angepisste Karl etwas total Bescheuertes. Er gibt Spacko die Leine und sagt: »Dann mach!«

»W… wie jetzt?!?«, fragt Spacko echt überrascht.

»Nimm ihn von der Leine, du Hundeprofi!«

»Nein! Nein! Nein! Nein! Nicht tun!«, kläfft Louis echt panisch.

»Oh, siehst du?! Louis will mit Spencer spielen«, versteht Fabienne da aber mächtig was falsch.

»Los! Mach!«, sagt Karl zu Spacko und guckt ihn an. Total provo … *dingsda … herausfordermäßig* eben. – Was weiß ich, wie das heißt. Ist ja auch wohl scheißegal, wie das heißt. Karl guckt Spacko *irgendwie so* an und dann guckt Spacko mich an. Total misstrauisch auf jeden Fall.

»Nicht! Nicht tun! Der ist total krank, ist der doch! Krank! Krank! Krank!«, macht sich Louis gleich ins Fell.

Und da, Kumpel, bleibe ich aber cool und knurre nicht zurück. Weil ich so eine Ahnung habe, was gleich passiert, wenn ich mich jetzt nicht voll dämlich anstelle. Voll der *Ahne* bleib ich also cool, gucke Spacko an. Total niedlich also. Und dann gehe ich bis zum Äußersten: *Ich mache Männchen.*

»Ach, wie niedlich!«, lobt Fabienne mich.

»Los! Mach!«, provo...*dingst* Karl den Spacko.

»Nicht tun! Krank! Krank! Krank!«, kläfft Louis, der Panik-Beagle.

Und Spacko? Spacko grinst. Voll überheblich auf mich herab, wie ich da vor ihm voll unterwürfig Männchen mache. Und da weiß ich: *Jetzt habe ich dich, Spacko!*

»Los! M...«, sagt Karl noch, sieht dann aber, dass Grinse-Spacko an meiner Leine rumfummelt, und brüllt deshalb panisch hinterher: **»W... was tust du da?!?! Nicht, Quinn! Tu's nicht! Das war Spaß, Mann!!!«**

Zu spät! Die Leine ist ab!

»Down!«, befiehlt Grinse-Spacko mir und ich …

… springe auf und stürze mich direkt auf Arschloch-Beagle Louis, haue ihm meine Eckzähne in den Hals, drücke ihn voll auf den Boden und knurre ihn mächtig sauer an: »Sag *Stopp!*, blödes Arschloch!«

»Stopp, blödes Arschloch!«, jault der Beagle panisch.

»OH GOTT, LOUIIIIIIIIIIIIS! SO TUT DOCH WAS!«, quiekt Fabienne Karl und Spacko an, aber da seh ich aus den Augenwinkeln, dass den beiden nix einfällt, was sie tun könnten, und ich knurre noch mal voll sauer den Jaule-Beagle an: »Nicht *›Stopp, blödes Arschloch!‹* , sondern *nur ›Stopp!‹*. Sag es! Jetzt!«

Da guckt der Blödmann mich leicht verdutzt an, kapiert dann aber endlich und jault los: **»Stopp! Stopp! Stopp! Stopp! Stopp! Stopp! Stopp! Stopp! Stopp! Stopp! Stopp! Stopp! Stopp! Stopp! Stopp! …«**

»Na also! Geht doch!«, knurre ich zufrieden, löse meinen tödlichen Klammergriff von seinem Hals, der Beagle haut ab und ich ...

... auch! Aber andere Richtung! Weil die Sache ja jetzt klar war. Voll alphamäßig war sie das: *Ich*, der Boss – und Louis ganz klar *nein*! Wozu dem Doof-Beagle dann noch mal hinterherrennen.

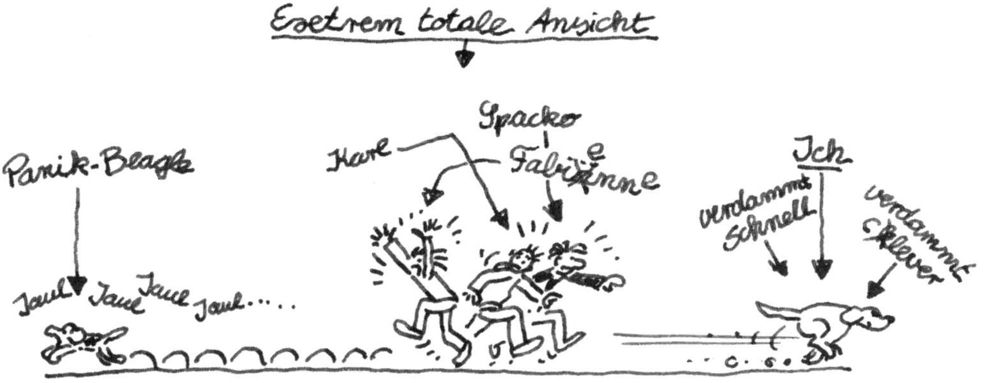

Ich – andere Richtung also, quer über die Wiese. Bis zum Ende vom Park. Hinter mir Gebrüll. Vor mir die Straße. Ich, da rüber. Rechts von mir quietscht was, kurz darauf kracht was, aber da bin ich schon längst weiter. Klare Richtung *Bahnhof*. Ein bisschen zufällig irgendwie, aber egal. Ich komme da irgendwie an und was sehe ich? Taxis sehe ich. Ich hechte in die erstbeste offene Kiste rein, kläffe den Fahrer an, dass er ***jetzt jetzt jetzt*** losfahren soll, und da sehe ich, dass der Fahrer gar kein Fahrer ist, sondern eine *Fahrerin*. Eine mit ordentlich brauner Haut und Kopftuch um die Birne. – Ein türkisches Weibchen! Und das, also *die* jetzt, lächelt mich einfach nur voll cool an und sagt: »Geht klar, Chef!«, und fährt los.

So was nenne ich Glück, Kumpel! ... Glück, Glück, Glück, nenne ich es. Eine original türkische Taxifahrerin. Eine, die mich auf Anhieb verstand. Die würde mich auch direkt bis an den türkischen Strand kutschieren. Ohne Umweg über Flugzeug und Schnickschnack. – Ich hatte es geschafft! Ich war zu Hause! So gut wie!

... also *hätte* es und *wäre* gewesen, wenn die Gute gewusst hätte, wo's langgeht in die Türkei. Wusste sie aber gar nicht. Verfahren hat sie sich. Nach 10 Metern schon ... oder 10.000, das kann ich ja auch immer schlecht schätzen. Jedenfalls hat sie sich voll vergurkt und dann landeten wir wo? – Vorm Tierheim! Ganz doof, ganz zufällig. Und da stieg meine türkische Landsfrau auch noch aus, ging rein ins Tierheim, um sehr wahrscheinlich nach dem Weg in die Türkei zu fragen, und ist dann kurz darauf wieder rausgekommen aus dem Tierheim. Mit einem Typen in Gummistiefeln und grüner Latzhose an. Lothar!

… gegen Lothar machst du gar nichts! Da kannst du die Zähne fletschen, knurren, bis dir schlecht wird – Lothar bleibt cool. Der grinst dich an, zaubert einen Knochen aus seiner Latzhose – und ich rede hier nicht von irgendwelchen lächerlichen Leckerlis, sondern von einem amtlich echten, saftigen Knochen – und exakt so einen göttlichen Knochen wirft der Lothar dir hin. In den Zwinger! Und du springst hinterher! … also *ich* jetzt!

… jedes Mal fall ich auf die Scheiße rein. Und das nervt.

… *Lothar* nervt … ***Punkt***

13 } Quinn

Der Hund! *Der beste Freund des Menschen!* – Sagt man doch so. Ich sag dir: Es ist Bullshit! Ich meine, klar: Angenommen, du würdest mich unter Androhung von Waffengewalt zwingen, mich zwischen *Hund* und beispielsweise *Eisbär* zu entscheiden, würde ich *immer* sagen: Hey, ich nehm den Hund! – Weil so ein Eisbär als Haustier macht ja doch viel Arbeit und ist noch *mehr* Stress.

… *Schildkröten* sind gut! Also im direkten Vergleich zum Hund. Die sind jetzt vielleicht nicht ganz so knuddelig, aber sie kläffen dich nicht dauernd an. Schildkröten kläffen *gar nicht*, und dass eine Schildkröte dir vor lauter bescheuerter Freude an den Hals springt und dir das Gesicht ableckt, wenn du nach Hause kommst, ist ja auch wohl eher unwahrscheinlich.

Und wenn ganz konkret dieser Spencer da drinnen eine Schildkröte wäre, wäre dieser Tag auch komplett anders verlaufen. Dann würde ich jetzt mit Fabienne vielleicht im Kino sitzen. Was auch wieder echt witzig wäre, weil im Kino reißt der Albert Kretschmann die Karten ab und verkauft Popcorn. *Nebenberuflich.* Weiß ich alles. *Wüsste* ich dann aber alles gar nicht, weil ich Albert Kretschmann gar nicht persönlich kennengelernt hätte, *wenn* …

… Spencer eine Schildkröte *wäre*! – Als solche wäre er nämlich erst gar nicht auf die Idee gekommen, über diesen behämmerten Beagle von der schönen Fabienne herzufallen. Und wenn doch, hätte ich's frühzeitig gemerkt und Schildkröte Spencer ganz gemütlich vom Boden aufgesammelt und ihn in meine Tasche gestopft. – End of the Story!

... die Story ist aber nicht zu Ende! Spencer, der dämliche Köter, ist nämlich über den behämmerten Beagle von der schönen Fabienne hergefallen und danach ist er mir abgehauen. ... also *uns* ist er abgehauen. Karl und mir. Heute Nachmittag, da im Park. Weil ich ihn von der Leine genommen hab. Dummerweise! – Warum, ist schwer zu erklären.

Die Fakten sind: Karl hat mich provoziert und Fellwurst Spencer mich voll verarscht. Und dann kam eins zum anderen: Der Beagle haut ab – die schöne Fabienne quiekend hinterher – Fellwurst haut in die entgegengesetzte Richtung ab – Karl und ich hinter der Fellwurst her ... *brüllend*, versteht sich, *nicht* quiekend. Quer über die Wiese, bis zu der Straße, wo die Fellwurst voll rübergebrettert ist. Und wenn der Typ da mit seinem nagelneuen Porsche nicht voll in die Eisen gegangen wäre, wäre Spencer zu seinem letzten praktischen Einsatz als Radkastenreiniger gekommen. Kam er aber nicht.

Der Porschemann hat granatenmäßig gut reagiert. *So* aber nicht sein Hintermann. *Hoff*mann, um genau zu sein. Du weißt schon: Der Lehrer von nebenan. *Der* ist weitergefahren. Mit seinem Schrottvolvo voll auf den nagelneuen Porsche drauf. Zusammen mit seiner Ehefrau und Lehrerkollegin Paula. Die saß neben ihm.

Ganz instinktiv haben Karl und ich da ein paar Gänge runtergeschaltet und sind extrem relaxt über die Straße geschlendert.

Der Porschemann steigt aus, der Hoffmann auch, beide glotzen auf ihre Schrottautos und der Porschemann sagt: »Na, großartig! Ich hoffe, Sie sind gut versichert, Mann!«

»Ruf die Polizei, Heinrich!«, quietscht Frau Hoffmann aus dem Volvokäfig und Heinrich antwortet dem Porschemann: »Ich ruf die Polizei. Die Sache ist ja wohl eindeutig. *Sie* sind schuld!«

»Sonst noch was?«, will der Porschemann nicht wirklich wissen. »Da war ein Hindernis. *Hund!* Ich hab gebremst, Sie haben gepennt und sind mir hinten draufgefahren. Und wer drauffährt, hat Schuld. So sieht's aus.«

»***Polizei***, Heinrich, ruf die ***Polizei***«, quietscht die Hoffmann weiter und ihr Heinrich wieder: »***Polizei!*** Ich ruf die ***Polizei!***«

Und weil der Heinrich anscheinend selber gar kein Handy dabeihatte, hat der Porschemann fast gelangweilt sein eigenes aus der Tasche gezogen und hat es dem Hoffmann in die Hand gedrückt.

Wie es konkret da weiterging, kann ich dir aber nicht sagen, weil Karl und ich sind dann ja auch superrelaxt weitergeschlendert. Richtung *Winterhaus* dann. Nach Hause also. Weil den Köter zu verfolgen, wäre sinnlos gewesen. Der war eh über alle Berge.

»Wo ist der Hund?«, begrüßt Tante Christiane uns echt unfreundlich an der Tür.

»Gngckx ...«, sagt Karl irgendwas echt nervös, und bevor der dann vielleicht doch noch etwas deutlicher wird und drauflosplappert, dass wir *beide* an der Vernichtung eines 911er Porsche im Wert von rund 200.000 Euro nicht ganz unbeteiligt waren, sage ich schnell: »Spencer wurde gekidnappt!«

Karl glotzt mich mit großen Augen an, Tante Christiane glotzt genauso und will dann wissen: »Von wem?«

»Äh... ... v... vonnnnnnnnnnnnn ...«, sage ich und dann vervollständigt Karl überraschenderweise: »Von einem Mann!«

Tante Christiane guckt. Misstrauisch irgendwie.

»Ganz genau! Von einem Mann!«, wiederhole ich schnell. »Von einem ... öhmmm ... behaarten Mann. Mit Bart und so.«

»Mittelgroß«, schiebt Karl hinterher.

»Kretschmann hieß der! *Albert Kretschmann!*«, fällt mir da genialerweise ein. Weil die Beschreibung passte zufälligerweise hundertprozentig auf den Meister-Schwachmaten aus Tante Christianes Schreibtischschublade.

»Kretsch…«, hält Tante Christiane die Luft an und dann atmet sie aus: »…mann. Ich kenne ihn. Es läuft ein Verfahren gegen ihn, das ich persönlich leite. Wenn das stimmt, dann …«, bricht sie ab, guckt mich nachdenklich an und fragt: »Woher weißt du eigentlich, dass der Mann *Kretschmann* hieß?«

Karl schielt mich nervös von der Seite an, gespannt darauf, wie ich darauf antworten würde, und weil mir so gar nichts Vernünftiges einfällt, antwortet er für mich: »… weil er angerufen wurde. Genau in dem Moment, als er sich Spencer geschnappt hat. Da hat er seinen Namen genannt: *Alfred Kretschmann hier! Wer dort?*«

»Al***bert*** Kretschmann!«, korrigiere ich den Knaben. Aber sonst: Sauber pariert. Perfekt! Muss man sagen.

... nicht ganz so perfekt ... *richtig, richtig* blöd war dann auch nur, dass ich persönlich ein winziges Detail übersehen hatte, das nicht *ganz* so stimmig in unsere Kidnapping-Story reinpasste ... Spencers Leine!

Und da habe ich erst abgewartet, ob Karl *das* auch noch irgendwie perfekt erklären könnte, konnte er aber gar nicht, weshalb *mir* dann irgendwann einfiel, dass der Kretschmann Karl die Leine wegnehmen wollte und Karl sie aber nicht hergegeben hat, worauf ich Karl selbstverständlich zu Hilfe geeilt bin.

»... und da haben wir alle an der Leine rumgerissen. Kretschmann auf Spencers Seite, Karl und ich auf der anderen. Wie bei einem englischen Tauziehwettbewerb«, kamen mir dann noch die voll dramatischen Vergleiche. »Bis Kretschmann, der gemeine Schuft, die Leine einfach abgemacht hat. Von Spencers Halsband eben. Und dann – Zack! – lässt er sie los, die Leine. Karl und ich fliegen mit Leine voll hintenüber. Und als wir wieder hochgucken, ist der Kretschmann weg. Mit Spencer! ... also *vorher* wurde er noch angerufen. *Albert Kretschmann hier – wer dort?,* hören wir ihn noch in sein Handy sagen, und ***dann*** ist er mit Spencer weg!«, brachte ich alles so dermaßen auf den voll dramatischen, sehr genialen Höhepunkt, dass ich mir fast selber applaudiert hätte.

... Schweigen! Karl glotzte mich nur an, Tante Christiane auch, und die hielt dann einfach nur noch mal im Staatsanwalt-Modus fest: »Kretschmann mit Spencer. *Ohne* Leine!«

Was *so*, nüchtern auf den Punkt gebracht, total bescheuert klang. Für *alle* Anwesenden zwischen Tür und Angel. – Weil *alle* Anwesenden zwischen Tür und Angel wussten, wie Spencer für gewöhnlich reagiert, wenn man ihm blöd, fremd und ungefragt zu nahe kommt. – Er schnappt zu!

Unsere Kidnapping-Story war so stabil wie ein Kartenhaus. Aber wir hielten dran fest ... an dem Kartenhaus. Staatsanwältin Christiane Winter bombardierte uns mit lästigen Fragen, Anmerkungen, Feststellungen, aber Karl und ich blieben standhaft.

Bis wir dann endlich von diesem gnadenlos unmenschlichen Folterverhör erlöst wurden: Die Küchentür sprang auf und Onkel Achim kam reinmarschiert, gefolgt von Sophia, die endfertig nachschlurfte. Zurück von der Messe, auf der die beiden waren. Einer *Modellbau*-Messe und *nicht Model*-Messe, wie Sophia wohl falsch verstanden hatte und garantiert nicht mitgekommen wäre, wenn sie es richtig verstanden hätte, die hohle Model-Lady.

Anyway: Beide betraten die Küche, unterschiedlich schnell, und Onkel Achim verkündete glückselig: **»Ich habe ihn!«**

»Wen? *Spencer?*«, fragten Tante Christiane, Karl und ich da gleichzeitig überrascht.

»Quatsch! *Ihn* natürlich. Den original *BR-01-F800er Tender F809 Querstrich 1*!«, schluchzte Onkel Achim vor Freude und hob feierlich eine kleine Pappschachtel in die Höhe, in der eine Spielzeuglok steckte.

Tante Christiane, Karl, ich und ganz besonders die messegeschädigte Sophia rollten die Augen vor lauter Begeisterung, und bevor Onkel Achim eifrig aufzählen konnte, wie viel Spielzeug-Rädchen sein neuer *Tender-Querstrich-Irgendwas* hat, kam Tante Christiane ihm zuvor und sagte: »Spencer ist weg!«

Onkel Achim schwieg still und Sophia aber hob automatisch die Finger und verkündete müde: »**Ich** war's! Ich habe Spencer per Handy an eine Wurstfabrik verkauft. Während ich auf einer Modell-*BAU*-Messe war. Und gleichzeitig habe ich Maja und Willi in einen kleinen Spielzeug-Waggon gequetscht. In Halle 9! In den Glacier-Express auf Modelllandschaft *Graubünden*. Und da ziehen sie nun ihre Runden im Glacier-Express auf der Modelllandschaft *Graubünden*. Immer und immer und immer wieder rum. ... *tuuut tuut!*«

Mitleidig guckten Tante Christiane, Karl und ich Sophia an und Karl dann aber ganz automatisch und leicht besorgt auch noch mal kurz Richtung Vogelkäfig.

»Quietsch!«, machte Maja, während Willi den Vogelkäfig vollkackte.

»Seeehr lustig!«, hat Onkel Achim beleidigt zu Sophia gesagt und von uns wollte er dann wissen, wie das mit Spencer *wirklich* passiert ist. Karl und ich wollten ihm dann auch gleich unsere Kidnapping-Story um die Ohren pusten, aber da sagte Tante Christiane cool: »**Spencer** ist abgehauen. Aber keine Sorge, Achim. Der ist im Tierheim. Hab gerade da angerufen.«

... was höchst staatsanwaltlich gelogen war! – Klar! Tante Christiane hatte während unseres kleinen Folter-Plausches tatsächlich da angerufen, aber Spencer war da nicht aufgetaucht. ... *noch* nicht aufgetaucht.

However: Karl und ich schielten uns einigermaßen verblüfft an und Tante Christiane endete: »Wir holen ihn jetzt ab.«

Sagte es und schnippte mit den Fingern in unsere Richtung, was ein klares Zeichen dafür war, dass wir ihr folgen sollten.

Wenig später saßen wir mit Staatsanwältin Tante Christiane in ihrem Benz ... auf dem Weg zu Kretschmanns Wohnung!

»Es gibt zwei Möglichkeiten, meine Herren«, unterrichtet Tante Christiane uns freundlich, während sie mit ihrem Schlachtschiff bei *Halbgrün* über eine Ampel donnert. »Erste Möglichkeit: Die Geschichte stimmt. – Kretschmann hat Spencer gekidnappt. Motiv: Kretschmann will mich unter Druck setzen. Weil *ich* die Staatsanwältin bin, die ihn hinter Gitter bringen wird ... also *würde können, wenn* ... Egal! – Möglichkeit eins also: Die Geschichte stimmt. Spencer ist in Kretschmanns Wohnung und ich werde *umgehend* die Polizei informieren, wenn dies der Fall ist!«

»Sehr gut!«, lobe ich Tante Christiane tüchtig. »So machen wir d...«

»**Zweite** Möglichkeit: Wir fahren da jetzt hin und ich stelle fest, dass die Geschichte von vorne bis hinten erstunken und erlogen ist. Ich entschuldige mich bei Herrn Kretschmann für die Störung und danach, meine Lieben, reiß ich euch die Köpfe ab!«

Der liebe Quinn, also *ich* jetzt, schluckt und schweigt, der liebe Karl ebenfalls.

»Last chance, ihr Tauzieh-Helden. Raus mit der Wahrheit!«, fordert Frau Staatsanwältin da nicht mehr *ganz* so freundlich von uns.

Da bleiben wir aber weiter standhaft, sagen cool gar nichts und wenig später stehen wir alle vor Kretschmanns Wohnung im fünften Stock.

»Scheint nicht da zu sein«, vermutet Tante Christiane, nachdem sie zum dritten Mal den Klingelknopf gedrückt hatte.

»Wahrscheinlich ist er mit dem Hund raus! – Was, Karl?!«, gebe ich unserer Kidnapping-Story noch mal einen genialen Feinschliff.

»Was? ... ach so, ja-öhmm-wahrscheinlich«, nuschelt Karl.

Tante Christiane sagt nichts, zieht nur ihre linke Augenbraue leicht nach oben und klingelt ein weiteres letztes Mal. Niemand reagierte.

»Du *Vollprofi*«, murmelt sie dann irgendwie seltsam die Wohnungstür an. »Sehr wahrscheinlich liegen da drinnen sämtliche Beweise, die ich bräuchte, um dich zu überführen.«

»Hm? ... *mich* jetzt oder Quinn?«, fragt Karl etwas unprofessionell nach.

»Wie? ... Ach so, nein, euch meine ich nicht. *Ausnahmsweise!!!*«, antwortet Tante Christiane. »*Kretschmann!* Der Mann hat mehr Glück als Verstand. Dank Spencer! – Was jetzt mal der Witz des Tages ist ... *wenn* eure Geschichte stimmt!«

»Ja klar stimmt die!«, behaupte ich da noch mal ordentlich und Karl fragt nach: »... und wo ist der Witz?«

Tante Christiane guckt Karl irgendwie etwas müde an und stöhnt: »Das ist was Persönliches ... also *Berufliches* natürlich. Ich darf darüber nicht reden. Das weißt du doch, Karl.«

»Saukomisch. Ehrlich, Mama. Nichts ist lustiger als Witze, die nicht zu Ende erzählt werden.«

»Es ist auch nicht *wirklich* lustig, das kannst du mir glauben«, stöhnte sie darauf noch mal und dann wollte sie mit uns wieder gehen, was ich aber nicht konnte, weil ich noch mit meiner EC-Karte beschäftigt war, um mit dieser Kretschmanns Wohnungstür aufzumachen.

Klack!

»W… Was soll das? Quinn! Komm zurück! Sofort!«, höre ich Tante Christiane hinter mir zischen, als ich Kretschmanns Wohnung betrete.

»Last chance, Mrs Winter! Wenn die Beweise hier sind, dann finden wir sie auch. Wonach suchen wir?«, smile ich sie cool an, als ich nach ein paar Metern in der Mitte von Kretschmanns Müffel-Suite stehe.

»Du bist ja nicht ganz dicht, Taylor. Komm zurück!«, blafft Karl mich von draußen an.

Und dann kommt er mir aber nach, weil Tante Christiane es ja auch tut, und die schimpft: »Ich glaub, es hackt. – *Türen mit einer EC-Karte öffnen.* Haben dir das deine Eltern beigebracht?«

»Nope! Elizabeth, meine kleine Schwester. Aber *die* hatte es sich von Mum abgeguckt, als …«

»Ja, was haben wir denn da?!«, unterbricht Tante Christiane mich, als sie auf dem Couchtisch etwas entdeckt, das irgendwie so gar nicht ins Stillleben mit leeren Chipstüten und halb leeren Biergläsern passt: ein Laptop der Marke Apple.

Voll in ihrem Element nimmt die Staatsanwältin es in die Hand und klappt es neugierig auf.

»Das ist ein Mac«, weiß Karl.

»Das weiß ich!«, weiß sie.

»Ein MacBook Air«, weiß ich.

»MacBook *Pro*«, weiß Albert Kretschmann ...

... der in der Wohnungstür stand. Ganz plötzlich. Überraschenderweise. *Ohne* Fellwurst. ... also Spencer. *Den* hatte er nicht dabei. Natürlich nicht!

14 } Spencer

Tierheim ist echt Kacke. Du sitzt da rum in einem Zwinger, auf einem arschkalten Betonboden, und glotzt doof wie ein Wellensittich die Gitterstäbe vor deiner Nase an. Und wenn der Laden rappelvoll ist – und das ist er meistens –, musst du den Zwinger auch noch mit anderen teilen.

Wie ich heute. Unter anderem mit Ulf und Mandy. Wieder mal! Was jetzt aber auch nicht der ganz große Zufall ist, weil Ulf und Mandy sind da Dauergäste in Lothars Null-Sterne-Hotel. Was daran liegt, weil Ulf ist Rottweiler und Mandy ist Pitbull, und *Rottweiler* und *Pitbull* will anscheinend keiner.

Wie auch immer: Ulf, Mandy und ich lagen da heute wieder nebeneinander im Zwinger rum, glotzten doof wie Wellensittiche die Gitterstäbe an und hinter uns in der Ecke saß der Neuzugang und der jaulte uns nervigerweise die Ohren voll.

»ICH WILL NAAAAACH HAAAAAUUUUUUUUUUUU-SÄÄÄÄÄÄÄÄÄHHHHÄÄÄÄÄÄ… H… H… H… … … … … … … … … … H…«

»Tierheim ist echt kacke«, knurre ich genervt zu Ulf und Mandy.

Und was sagt Ulf darauf? Ulf sagt: »Schicksal! Man muss immer das Beste draus machen!«

»Ach, Ulf«, stöhne ich echt höflich und dann haut Mandy aber raus, was ich denke: »Ulf, du redest Scheiße!«

Und Ulf ganz erstaunt: »Ja, wieso denn?«

Und Mandy wieder: »Weil Schicksal ist Schicksal. Und Schicksal ist grad mal echt Kacke hier. Und aus Kacke machst du gar nix draus. Schon gar nicht das Beste.«

»Das sehe ich anders. – Wie siehst du das, Spencer?«

»Ganz ehrlich, Ulf?«

»Ja!«

»Du redest Scheiße!«

Ulf guckt mich an. Ulf guckt Mandy an. Und dann sagt Ulf: »Ich hab euch lieb.«

Und dann haben wir alle drei wieder doof auf die Gitterstäbe geglotzt, während die Nervensäge in der Ecke uns von hinten die Ohren volljaulte.

»ICH WILL NACH HAUSÄÄÄÄÄÄÄÄÄÄ … Ä … Ä … Ä … ICH GEHÖR HIER EINFACH NICHT HIN … HIN … HIN … HIN … GEHÖRE ICH NICHT!«

Da guckt Ulf sich zu der Nervensäge um und brummt: »Alles wird gut, Kleiner.«

Und Mandy guckt auch und knurrt: »Scheiße wird gut!«

Und ich gucke auch und grinse: »So ist das, Kumpel!«

»Kennst du den etwa?«, fragt Mandy mich.

»Ja klar kenne ich den. Das ist Louis. Louis, der Beagle«, antworte ich.

Und Louis jault: ***»Fabiääääännnn! Hol mich hier rau-hau-hau-hau-hau-hauuuuuuuuus!«***

Und da muss ich sagen: Da tat er mir ja *fast* ein bisschen leid …

… der kleine Arschloch-Beagle.

15 } Quinn

... jetzt grinst er wieder. Also der Köter da drinnen. Mal grinst er, mal kläfft er, dann grinst er wieder. Was dem wohl so durch die Rübe geht? ... *nichts!* Klar! Wo nichts ist, kann auch nichts durchgehen. ... außer ein Haufen Luft vielleicht. ... wie lustig.

... 21:45 Uhr sagt mir meine neue Rolex. Auch echt lustig. Mein genialer Partner, also Karl da unten vor der Haustür, ruft mich einfach nicht an und statt eines Geistesblitzes für Plan B geht mir nur ein Haufen frischer Luft durch die Birne. So gesehen, haben die Fellwurst und ich gerade mal viel gemeinsam ...

Quinn & Spencer: Schwachmaten der Lüfte!

... wäre mal ein echt knackiger Titel für einen Kinofilm. ... ha, ha, wie lustig.

Und auch echt lustig: Einen Trailer, ein Vorfilmchen eben, zu diesem Blockbuster gibt es auch schon. Kein Witz! *Ohne* Filmwurst Spencer allerdings. Dafür aber mit Tante Christiane in der Hauptrolle. Und Karl und ich sind auch mit von der Partie. – Ganz großes Kino, sag ich dir, *ganz* groß. – Den Trailer hat der Kretschmann gedreht. Mit seiner Handykamera. Heute Nachmittag eben. Da drinnen, in seiner Wohnung. Als er da ganz doof, ganz plötzlich in der Wohnungstür stand. Da zog er sein Handy aus der Jackentasche und filmte uns.

»W... was machen Sie da? M...m...machen Sie das aus ... *bitte!*«, stotterte Tante Christiane sehr unsicher in Kretschmanns Handy-Kamera.

»Äy, ich denk ja gar nicht dran, Frau Staatsanwalt!«, grinste der Kretschmann aber nur dämlich zurück. »In meine Wohnung einbrechen, meinen Mac klauen wollen und dann auch noch Ansprüche stellen, wa?!«

Tante Christiane machte wirklich keine gute Figur vor der Kamera. Sie stand einfach nur stocksteif da, mit dem Mac in den Händen, und machte den Eindruck, als hätte sie ihren Text vergessen.

Weshalb ich dann sehr cool für sie einsprang: »***Dein*** Mac, Kretschmann?! Das glaubst du doch wohl selbst nicht?«

»Watt soll datt denn heißen? Ganz klar is das mein Mac, äy! Voll ehrlich verdient, Mann! Als *Seeekiuritiii-Määän*, verstehst du?!«

»Klar, verstehe! *Security-Man!* ... auf dem Minigolfplatz, oder was?!«

»Quatsch! Im Kino, ganz klar. *Da* bin ich im Einsatz, äy. ... und Karten abreißen und Popcorn verkaufen mach ich da auch noch alles. Jeden verdammten Scheißabend und ... was aber auch echt jetzt mal kackegal is, Mann! – Watt soll datt hier werden, wenn's fertig is?«

»Falsche Frage, Kretsch...«, will ich ihn da noch mal ordentlich in die Enge treiben, da brettert Tante Christiane mir genervt ins Wort: »***Das*** hier, Herr Kretschmann, nennt sich *Gefahr im Verzug.*«

»Watt is los? *Gefahr im Anzug?*«, grinst Kretschmann mordsblöd in seine Handykamera und hält sie dann wieder voll auf Tante Christiane und die korrigiert ihn: »... *Ver*zug, nicht *An*zug, Herr Kretschmann. *Gefahr im Verzug.* – Eine notwendige Maßnahme, wenn Gefahr für Leib und Leben besteht. Für Mensch ... oder *Tier!* – Also, Herr Kretschmann: Wo ist der Hund?«

Karl und ich schielen uns kurz von der Seite an. Unsere Kidnapping-Story nimmt eine ganz üble Wendung und prompt fragt der Kretschmann auch doof zurück: »Welcher Hund?«

»*Unser* Hund, du Schuft!«, ballere ich da clever und knallhart los wie ein mächtig schlecht gelaunter Cop. **»Du hast ihn gekidnappt. Heute im Park!«**

»Lüll... lüll... leugnen ist zwecklos, Herr Schuftmann ... äh ... *Kretsch*mann«, schiebt Karl auch ein *bisschen* knallhart hinterher.

Und der Kretschmann dann aber natürlich: »Äy, *Hund!* Ich versteh immer nur *Hund*, äy! Ich hab euern Scheißhund nicht. Watt soll ich damit?«

»Mich erpressen? Weil ich das Verfahren wegen Einbruchs gegen Sie leite?«, stellt Tante Christiane genial die Oberlehrer-Gegenfragen, auf die man nicht antworten kann.

»Watt? Erpressen? Ich? *Sie?* Mit Hund?«, fragt Kretschmann absolut unwissend doof und ehrlich, weshalb ich mich da noch mal voll in Szene bringe und ihn wieder hart in die Zange nehme: »Rück den Hund raus, Kretschmann! Einbruch in eine Villa ist eine Sache. Kidnapping eine ganz andere. Da können aus zwei Jahren auch schon mal schnell *zwanzig* werden!«

»Wegen einem *Hund*! *Zwanzig* Jahre!«, wiederholt Kretschmann tonlos.

»... na, sagen wir *fünfzehn*. Bei guter Führung, versteht sich«, komme ich ihm entgegen und ...

… da prescht Tante Christiane mir wieder echt genervt in mein knallhartes Verhör: »**Herr** Kretschmann! Ich denke, wir vergessen diesen kleinen Vorfall und wir sehen uns am Mittwoch vor Gericht wieder. Entschuldigen Sie die Störung.«

Sagt es, bohrt Karl und mir von hinten ihre Zeigefinger hart in den Rücken, damit wir uns in Bewegung setzen.

»Stopp!«, sagt da aber der Kretschmann und tippt einmal auf das Display von seinem Handy. – Wenn du so willst: ***Cut!*** Ende des Trailers.

»Ja bitte, Herr Kretschmann?«, fragt Tante Christiane höflich nach.

»Ich will den Film!«, grinst er sie an. Verschlagen, durchtrieben, hinterlistig … *irgendwie* so.

»Welchen Film?«, fragt Tante Christiane.

»Welchen Film, welchen Film?! – Den, wo ich drauf bin natürlich. Von der Scheiß-überwachungskamera aus der Villa. Die mich gefilmt hat, wie ich da drin bin in der Villa wegen Scheißeinbruch! *Den* Film natürlich! Dafür gibt's dann dieses Filmchen. Mit Ihnen drauf. Und die kleinen Hosenscheißer hier, auch alles drauf. In meiner Wohnung alles. Hä, hä, hä.«

Tante Christiane verzieht keine Miene, blickt dem Kretschmann direkt in die Augen und antwortet kühl und gelassen: »Nein!«

»Wie *nein!*?«

»*Nein!* Ihr Filmclip ist – *A* – wertlos. Er beweist lediglich, dass ich mit dem begründeten Verdacht auf Tierentführung hier eingedrungen bin. *Gefahr im Verzug!* – Sie erinnern sich? Und *B*: Selbst wenn Ihr Filmclip von Belang wäre: Ich lasse mich nicht erpressen!«

Kretschmann grinst nicht mehr und denkt nach. Und als er mit *Denken* fertig ist ... grinst er wieder und kontert: »Das werden wir ja seh'n, äy. Ich schick das hier *RTL* oder so. Und dann kommst du ins Fernseh'n, Frau Frühling. Und dann gibt's Ärger mit Chef. Wetten?«

Dabei wirft er das Handy hoch und fängt es mit derselben Hand wieder auf. Wirft es hoch und fängt es wieder auf. Immer wieder. Überheblich, doof, grinsend.

Wir gucken uns Kretschmanns alberne Minimal-Jonglier-Nummer eine Weile an, bis Tante Christiane zu ihm meint: »Tun Sie, was Sie nicht lassen können. Sie machen sich nur lächerlich, Herr Kretschmann.«

»... äh, mach ich gar nicht!«, kontert der Kretschmann ganz trotzig, grinst, wirft sein Handy wieder doof hoch und dann ...

... schnappt er beim Auffangen ganz trottelig daneben, das Handy fällt Richtung Couchtisch vor ihm und *da* direkt in eins der halb vollen Biergläser rein. – *Plöpp*.

Tante Christiane, Karl, ich und der Kretschmann gucken stumm ins Bierglas mit dem absaufenden Handy darin.

Und im nächsten Moment stürzt sich der Kretschmann auch schon panisch drauf, fingert ungeschickt in dem Bierglas rum, und weil er das abgetauchte Handy nicht zu fassen kriegt, denkt er kurz nach, hebt das Bierglas entschlossen zum Mund und trinkt die abgestandene Plörre hektisch auf. Das Handy rutscht nach, er kriegt es mit den Zähnen zu fassen und zieht es damit raus.

Dann steht er da vor uns, der Albert Kretschmann. Mit einem tropfnassen Handy im Mund.

»Jungs! Wir gehen!«, sagt Tante Christiane gelassen zu uns, drückt uns ihre Zeigefinger wieder hart in den Rücken und wir gehen.

»Iff maff miff …«, hören wir den Kretschmann hinter uns schimpfen und dann auch noch mal deutlicher, als der Schnelldenker das Handy aus dem Mund nimmt: **»Ich mach mich *gar nicht* lächerlich! *RTL*, hörst du, Frau Herbst? Ich tu's, ich schwör's, äy!«**

Tante Christiane dreht sich noch mal langsam um und erwidert absolutely untouched – *ungerührt* also: »*Winter!* Und immer noch *Sie*, Herr Kretschmann! – Wir sehen uns Mittwoch vor Gericht!«

… und dann sind wir endgültig raus aus Kretschmanns Wohnung.

Die Stimmung war irgendwie leicht angespannt, als wir wieder in Tante Christianes Schlachtschiff saßen und sie mit 120 km/h quer durch die Stadt donnerte. – Sie schwieg, Karl schwieg, ich schwieg. Was die Stimmung nicht unbedingt heiterer machte, weshalb ich dann nach einer schweigenden Weile smile: »Das war richtig cool, Tante Chrissi. *Ich lasse mich nicht erpressen!* – Wie cool ist das?!«

»R... richtig cool war das, Mama«, steigt dann auch der Karl neben mir etwas unlocker ins Gespräch ein.

Tante Christiane schweigt.

»Voll der Profi, Tante Chrissi«, lobe ich sie daher noch mal ordentlich, um das Eis zu brechen. »Eiskalt *Nein!* sagen. So läuft das nämlich. Klare Ansage für Typen wie Kretsch...«

»Shut up, Quinn Taylor!«, würgt Tante Christiane mich da echt unfreundlich ab. »Du hast mich angelogen. Du und ... **Karl, mein Sohn!**«

»... gng ...«, schluckt Karl, der Sohn.

»Ä... ä... ehrlich, Tante Chrissi«, schiebe ich daher noch mal lässig hinterher. »Kretschmann hat Spencer gekidn...«

»Bullshit!«, stampft Tante Christiane meinen Satz unfein platt. »Ihr habt die Geschichte erfunden. Wer weiß, warum?! – Fakt ist, Mr Taylor: ***Du*** hast in meinem Arbeitszimmer rumgeschnüffelt.«

»I... ***ich???***«, frage ich ganz extrem *superbestürzt* zurück.

»Versuch es erst gar nicht, Quinn. – *Albert Kretschmann!* Ich leite die Ermittlungen! ***Das*** habe ich euch gesagt. Von Einbruch in eine ***Villa*** war aber nie die Rede. Und davon, dass ich dafür ***zwei Jahre*** Haft beantragen werde, auch nicht. – Du erinnerst dich, Quinn? Genau *das* hast du vor dem Kretschmann eben noch endlos dämlich herausposaunt.«

Ich gebe mir Mühe, Tante Christiane *nicht* endlos dämlich anzuglotzen, und Karl neben mir bricht zusammen: **»Es tut mir leid! Wir haben das erfunden, weil Spencer ist uns abgehauen und dann ...«**

»Darüber reden wir später, Karl!«, bremst Tante Christiane ihn aus, während sie mit ihrem Benz mit Vollspeed auf einen Zebrastreifen zubrettert, über den gerade eine ältere Dame mit Rollator rüberwackelt.

»Ihr habt mich in Schwierigkeiten gebracht. In *richtig* große Schwierigkeiten!«, knurrt sie, nachdem sie der alten Dame per sportlicher Umschiffung das Leben schenkte.

Karl und ich schielen uns von der Seite an. Die Stimmung war wirklich nicht die beste im Schlachtschiff, weshalb ich dann noch mal ganz entspannt smile: »Hey, immer schön locker bleiben, Tante Chrissi. Der Kretschmann hat nichts! Hast du selbst gesagt: *Gefahr im Verz…*«

»Ich habe geblufft!«, hackt sie mir sehr unlocker das Wort ab. »Ich hatte nicht einmal ***im Ansatz*** das Recht, in Kretschmanns Wohnung einzudringen. *Gefahr im Verzug!* – Lachhaft! Es ist mehr als fraglich, ob der Idiot … *Herr Kretschmann* darauf reingefallen ist. Wenn der den Filmclip veröffentlicht, dann war's das für mich. Ende! Aus!«

Karl und ich schweigen und Karl dann nach einer Weile in Richtung Fahrersitz *ganz, ganz* vorsichtig: »Vielleicht hättest du doch besser drauf eingehen sollen, Mama. *Seinen* Clip gegen *deinen.*«

Tante Christiane ballert über eine halbrote Ampel und erklärt: »Erstens, Karl, *noch mal ganz deutlich*: Ich lasse mich nicht erpressen! ***Niemals!***«, und etwas undeutlicher nuschelt sie *zweitens* hinterher: »Es gibt keinen Clip!«

... es *gab* aber einen Clip. Mit Kretschmann drauf. Wie er in die Villa einsteigt und die Schmuckkassetten leer räumt und einsackt. Mit Diamantenringen, Goldmünzen, Colliers ... einer *Rolex*-Armbanduhr *and things.* – Gestochen scharf, eindeutig Kretschmann, der Beweis. ... der *einzige* Beweis. Ein Filmclip auf dem Speicherchip der Überwachungskamera.

Und genau diesen Speicherchip hatte Tante Christiane mit nach Hause genommen. Was für sich genommen schon mal nicht so *ganz* korrekt war, dass sie es tat. Amtliche Beweise darf Tante Christiane eigentlich nicht mit nach Hause nehmen. Worauf sie aber anscheinend pfeift und es trotzdem tut. Um ihre Fälle eben auch in ihrer Freizeit bearbeiten zu können.

However: Tante Christiane hatte den Chip in ihre Arbeitstasche gesteckt und diese zu Hause kurz im Hausflur abgestellt. Vielleicht, weil sie mal aufs Klo musste. Keine Ahnung. – Als sie wieder zurückkam in den Hausflur, hatte jemand die Arbeitstasche ausgeräumt und alles, was darin war, zerpflückt, angeknabbert, zerbissen … inklusive Filmclip.

»… dieses kreuzdoofe Wesen!«, knurrt Tante Christiane am Ende ihres Berichtes und biegt mit quietschenden Reifen in die Straße der Winters ab.

»Sophia!«, gibt Karl zum Besten.

»Nein, mein Sohn, natürlich *nicht* Sophia. – *Dein* Hund war's. *Spencer!* Die fellgewordene Doofheit auf vier Beinen!«, bringt Tante Christiane die Fellwurst genial auf den Punkt.

»Hmpf!«, macht Karl.

»Und ***das***, meine Herren, *wäre* übrigens der Witz des Tages *gewesen*, wenn eure Geschichte wahr *gewesen wäre*. – Kretschmann kidnappt ausgerechnet *den* Hund, der ihn vor einer weiteren Gefängnisstrafe bewahrt hat ... Chip-knabbernderweise. Ha, ha!«

»Lul ... lustig!«, quetscht Karl heraus und ich stimme locker ein: »H... hahah...hhhh... ... ... h ...«

»***Nicht*** lustig!«, klärt Tante Christiane absolut spaßfrei. »*In Kretschmanns Wohnung eindringen!* Wie konnte ich nur so einen schrecklichen Fehler machen?!«

»*Verdammter Ehrgeiz,* Tante Chrissi! – Sagt Mum jedenfalls immer, wenn sie von dir spricht«, rutscht mir da fröhlich raus.

Karl schüttelt langsam den Kopf, mit Hand vor den Augen ... und Tante Christiane? Die sagt nichts und schnaubt nur noch. *Vor Wut*, denke ich, weshalb ich mir dann noch schnell einfallen lasse: »Und überhaupt, Tante Chrissi: Das Problem hat sich doch von selbst erledigt – quasi in Bier aufgelöst. Das macht doch kein Handy mit.«

... was gelogen war, weil ich aus eigener Erfahrung weiß, dass die meisten Smartphones, die einigermaßen was taugen, auch wasserdicht sind. Meins jedenfalls. Das hatte meine Schwester Margaret nämlich mal ins Klo fallen lassen. Extra! Da war sie irgendwie sauer auf mich. Weil ich ihr Tagebuch gelesen hatte. Voll peinliches Zeugs, sage ich dir!

Ich liebe ihn! (Brian!) Und er liebt mich! – Nächster Eintrag: Brian und ich, das ist wie Romeo und Julia!!! – Falls dir die nichts sagen: Denk dir *Maja und Willi.* Dann passt es! – Dann, *Drama,* ein paar Seiten später: Ich bin traurig! Brian ist jetzt mit Rachel zusammen … dieser eingebildeten Bitch! – Und voll dramatisch, der letzte Akt: Ich hasse ihn, weil ich ihn liebe! Was hat sie, was ich nicht habe???

›Geist? Witz? Klasse?‹, ging mir da noch heiter durch die Birne und dann kam Margaret auch schon ins Zimmer gepoltert, sah mich, wie ich auch den letzten Eintrag mit meinem Handy abfotografierte, um Eintrag für Eintrag später lückenlos posten zu können. Für meine Facebook-Freunde.

Margaret überwältigte mich, riss mir das Handy aus der Hand und warf es, wie gesagt, gleich darauf ins Klo.

... worauf ich eigentlich hinauswollte: Smartphones sind wasserdicht. *Meines* jedenfalls. Weshalb ich *sämtliche* Tagebucheinträge von Margaret auf Facebook auch posten konnte. Später dann! ... nach einer dramatischen Rettungsaktion!

»Der *Kretschmän* hat nichts. Sein Handy ist Geschichte! Sein Film ist Geschichte, Tante Chrissi«, lüge ich Tante Christiane also noch mal sehr smart an, um sie beruhigen.

»Zu heikel! Zu unsicher!«, lässt sich Tante Christiane aber gar nicht beruhigen und steuert den Mercedes Benz der Schlachtschiffklasse volle Kraft voraus auf ihre neue, breite Hauseinfahrt. Komplett *barrierefrei*. Also *ohne* den rostigen Schwedenpanzer der Hoffmanns, der ausnahmsweise *nicht* die halbe Einfahrt blockierte. – Karl und ich wissen, warum! – Tante Christiane stellt den Motor ab und zieht die Handbremse an.

»... öhmm, Mama?«, spricht Karl seine Mama da noch mal extrem vorsichtig an.

»Was?!«, brummt sie.

»... was ... ähmm ... machen wir jetzt eigentlich wegen Spen...«

»Spencer?!«, bellt Tante Christiane da auch direkt auf. »Ich hab im Moment wirklich andere Sorgen, Karl. Da kümmerst *du* dich gefälligst drum! Früher oder später wird der eh im Tierheim landen. Da kannst du ihn dann auch diesmal *selber* abholen. – **Und:** Die Heimgebühren, mein Sohn, zahlst du diesmal auch selbst.«

»... **sechzig** Euro?!? ***Sechzig!***«, beklagt sich Karl. »Die habe ich nicht!!!«

»Dann schieße ich sie dir vor und zieh sie dir vom Taschengeld ab. – **Einspruch abgelehnt!**«

Staatsanwältin Christiane Winter schnallt sich ab, hält kurz inne – nachdenklich irgendwie – und genauso nachdenklich peilt sie *mich* dann noch mal durch den Rückspiegel an und stöhnt: »Ehrgeiz! Verdammter Ehrgeiz!«

... und dann verlässt sie stumm den Benz, knallt die Tür hinter sich zu und lässt Karl und mich da einfach sitzen.

»Fuck!«, murmelt Karl.

... und ich? Ich klopfe dem alten Knaben auf die Schulter und smile: »Don't worry, Charly-Boy! – Alles wird gut!«

Und dass Karl mich da nur noch sehr verständnislos anglotzte, war egal. Weil ich, Quinn Taylor – der Macher, der Checker –, hatte bereits einen Plan.

... also *Plan A*, um präzise zu sein. Der Plan also, der ganz konkret, ganz aktuell etwas hakt.

Weshalb es ganz konkret, ganz aktuell nicht das Schlechteste wäre, wenn mir jetzt – Punkt 22:00 Uhr – allmählich *Plan B* einfallen würde.

16 } Spencer

Ganz tolle Uhr! Ehrlich, Spacko!
Ganz, ganz toll. Toll, toll, toll! – Gäääähn!

... echt dämlich, dass ich jetzt hier rumhänge. – *Schicksal!*, wie Ulf jetzt sagen würde. Worauf ich dann antworten müsste: *Das Schicksal ist eine doofe Sau mit Tomaten auf den Ohren!*

... weil, Sache war nun mal die, Kumpel: Tierheim! Heute Abend! Ich glotzte gerade wieder *wellensittich-dösig* auf die Gitterstäbe vor mir und da höre ich Ulf neben mir brummen: »Angenommen, das Schicksal würde es richtig gut mit uns meinen. Also, die Tür da würde aufspringen, wir könnten raus und hätten die Wahl. – Wo wärt ihr da? Was würdet ihr machen aus euerm Leben?«

Ich dachte über Ulfs Frage nach und dann will ich ihm auch sagen, worüber ich gerade so nachgedacht habe, da …

… plappert Louis, der Beagle, doof drauflos: »Also ich wäre dann jetzt bei Fabienne. *Da* wäre ich jetzt am allerliebsten. In meinem Kuschelkörbchen vor ihrem Bett. Und dann würde sie mir vielleicht noch ein *Gute-Nacht-Leckerli* zuwerfen, wenn ich nur brav das Pfötchen gebe.«

Mandy guckt den Beagle angewidert an und sagt: »Das ist ja ekelhaft!«

»Gleich kotze ich!«, schiebe ich hinterher.

Louis, der Beagle, dreht sein Köpfchen beleidigt in die Ecke und Ulf brummt: »Ja, Herrgott noch mal, nun lasst ihn doch. Jeder darf sagen, was er will«, und zu Mandy dann: »Wie sieht's mit dir aus, Mandy? Was würdest du tun?«

Mandy überlegt und dann sagt sie: »Ich würde dem Arschloch Justin, bei dem ich vorher war – also vor *Scheiß-tierheim* und so –, *dem* würde ich einen Finger abbeißen und dann wäre ich weg. – *China* vielleicht. *China* soll gut sein!«

»Du hast dem Justin schon einen Finger abgebissen!«, weiß Ulf.

»In China essen sie Hunde!«, weiß Schlauberger-Beagle Louis.

»Ja und? *No risc, no fun!*«, weiß Mandy.

Da guckt der Louis irgendwie nachdenklich und die Mandy fragt den Ulf: »Und du selber, Ulf? Was würdest *du* aus deinem Leben machen?«

»Ich?«, überlegt Ulf. »Ich wäre gern ein Schulhund. Ihr wisst schon: so einer, der in der Schule ist und den man streicheln darf. Damit die *Kids* Vertrauen kriegen und keine Angst mehr vor unsereins haben.«

Mandy, Beagle Louis und ich gucken Ulf stumm an und Mandy sagt: »Ulf! Das ist total bescheuert. Du bist *Rottweiler*. Dich will keiner streicheln.«

Ulf denkt nach und ich sage schnell: »Is ja auch egal. Jeder darf sagen, was er will. *Ich*, zum Beispiel, wäre gern am Strand bei meinem Rudel. ... in der Türkei. Daheim!«

»Ah, *Türkheim*! Das kenn ich! Da war ich schon mal«, sagt Ulf. »Das liegt im Süden. Bei Landsberg am Lech. Nähe München. – Ganz hübsch da.«

»Ulf, ich weiß wirklich nicht, ob wir dasselbe meinen«, sage ich da ganz ehrlich zu ihm und dann noch mal: »Jedenfalls, rein schicksalstechnisch, wenn die Tür da aufspringen würde: *Türkei!* ***Da*** wäre ich gern!«, sag ich noch alles zu ihm und dann ...

… springt die Zwingertür auf und wenig später lande ich hier. In diesem Loch.

… scheißendoofes Schicksal! Einfach nicht zugehört!

17 } Quinn

Plan A war *eigentlich* richtig gut! Praktisch gesehen: genial! …

… Karl und ich verlassen *Point 7:30 p.m. – abends* also – das Haus der Winters. Unbemerkt.

Dann, *8:00 p.m.*: Ankunft am Tierheim. Karl schiebt Wache und ich selbst breche dort ein, um die Fellwurst zu befreien.

8:15 p.m.: Ankunft an Albert Kretschmanns Mietshaus. Er selbst ist nicht da, weil er nach eigenen Angaben *jeden verdammten Abend* im Kino arbeitet. Freie Bahn also, um in seine Wohnung einzudringen und die Fellwurst dort abzusetzen.

8:20 p.m, final phase: Karl und ich rufen aus sicherer Entfernung bei der Polizei an. Anonym, versteht sich. Mit unterdrückter Nummer also. Die Polizei erhält den anonymen Hinweis, dass ein gewisser Albert Kretschmann den Hund einer Staatsanwältin gekidnappt hat und ihn in seiner Wohnung gefangen hält. Die Polizei geht dem Hinweis nach und findet in Kretschmanns Wohnung den Hund.

8:30 p.m., end of mission: Karl und ich kehren nach Hause zurück. Unbemerkt. Als wären wir nie weg gewesen.

– Sehr genial, der Plan!

… was ich Karl auch alles exakt so erklärt habe, als wir noch in dem fetten Benz nebeneinander rumsaßen, nachdem Tante Christiane abgerauscht war.

»Du hast echt ein Rad ab, Taylor!« war Karls erste Reaktion.

»Du siehst *das Große und Ganze* nicht. *The big picture*, Charly-Boy!«, sage ich da, und er zurück: »Sag nicht immer *Charly-Boy*, das nervt!«

»Okay, Ch… ***Karl!*** Pass auf: Kretschmann hat Spencer *nicht* entführt. Klar so weit! – Aber was, wenn er es getan hätte? Wenn wir es so aussehen lassen, als hätte er es doch getan? Verstehst du jetzt?«

»Nein!«

»…?! – Tante Chrissis Problem mit Kretschmanns Handy-Clip wäre keins mehr. Denn dieser Handy-Clip beweist dann nur noch eins: Staatsanwältin Winter – deine Mutter – drang aus gutem Grund in Kretschmanns Wohnung ein. Aus Sorge um den gekidnappten Spencer, den die Polizei dann auch exakt dort finden wird. Stunden später eben. – *Gefahr im Verzug!*«

»... statt Einbruch!«, kapiert Karl rasend schnell. Und dann schüttelt er aber ganz blöd den Kopf und meint: »Nicht mit mir! Das ist kriminell!«

»Du bist es deiner Mutter schuldig!«, setze ich erbarmungslos nach.

»Ich? *Du* hast mit dem ganzen Quatsch angefangen, Taylor. *Du* hast Scheiße erzählt, nicht *ich*!«

»Ich hab's für ***dich*** getan!«, setze ich da *noch* einen drauf und dann ...

... brachen Karl und ich heute Abend ins Tierheim ein und befreiten die Fellwurst. Was zugegebenermaßen nicht *ganz* so reibungslos verlief, aber Fakt ist: Wir waren erfolgreich und wenig später standen Karl und ich mit der Töle vor Kretschmanns Haus. Also vor dem Betonklotz mit seiner Wohnung darin, die einen Balkon hat ...

... *diesen* hier!

18 } Spencer

Das Schicksal ist ein Spacko, der gegen Türen klopft und nur noch einen Schuh anhat. – Das klingt jetzt sehr nach Onkel Don. Aber ich versichere dir: Der Spruch ist von mir. Und ich denk mir die Scheiße hier ja nicht aus, Mann. Der Spacko hat wirklich nur einen Schuh an.

... den anderen musste er abgeben. An Mandy. Kurz nachdem er die Zwingertür aufgemacht hat.

Ulf, Mandy, der Beagle und ich glotzten den Spacko echt überrascht an, wie er da auf einmal rumstand in der offenen Zwingertür, und da war's dann eben Mandy, die als Erste auf Spacko zustürmte und an ihm vorbei durch die Tür nach draußen will. ... *wollte!* Alles *unvollständige* Vergangenheit hier. Weil Spacko hielt sie auf. Mit seinem rechten Fuß.

Was ein echter Fehler war, dass er's tat, weil Mandy, die Pitbull-Lady, kann echt ausrasten, wenn man Dinge tut, die sie nicht leiden kann. – Ihr *Turnschuhe ins Gesicht drücken* gehört auf jeden Fall dazu. – Mandy rastete aus und schnappte sich den Turnschuh ... mit Spacko drin.

»Au! Au! Au!«, jault Spacko, hüpft mit dem linken Bein Mandy hinterher und macht den Eingang frei.

Ulf, Louis und ich gucken uns kurz an, nutzen die Gelegenheit und stürmen raus.

Aber Mandy nicht. Und Spacko auch nicht. Die blieben im Zwinger. Was irgendwie keine gute Kombi war. Weshalb ich dann noch mal zurück bin und Mandy ankläffe: **»Lass los, Mandy! Die Tür ist auf. Das ist hier grad mal voll das geile Schicksal, Lady! –** ***China!*****«**

»Iff fann niff!«, knurrt Mandy da mit Turnschuh zwischen den Zähnen echt undeutlich zurück.

»Wie bitte?«, frage ich.

Mandy lässt den Schuh los und wiederholt: »Ich sagte: ***Ich – kann – nicht!***«, und schnappt wieder voll zu.

»Au! Au! Au!«, jault Spacko.

»Wo bleibt ihr? Kommt!«, bellt Ulf neben Louis von draußen in den Zwinger rein.

»Wir können nicht!«, belle ich zurück und gucke zu, wie Mandy total irre an dem Turnschuh von Spacko rumzuckelt.

Aber da muss ich sagen, da war der Spacko pfiffig. Der streifte seinen Schuh dann einfach ab. Mandy flog voll hinten rüber und im nächsten Moment …

... habe ich eine Leine am Hals. Weil ich mal für einen klitzekleinen Moment nicht aufgepasst hab.

»Mach die Scheißleine wieder ab! Sofort, Spacko! **Ab! Ab! Ab! Ab! Ab! ...**«, knurre und belle ich Spacko echt stinkig an und zerre an der Leine rum.

»Enddämliche Fellw...«, flucht Spacko noch was und dann hängt er mit seiner Nase im Fressnapf. Deshalb, weil der kleine Louis zurück in den Zwinger getippelt ist und ihm ein Bein gestellt hat. ... also praktisch gesehen: Sein ganzer Körper war *Bein*.

»Hab dich!«, kläfft der Kampf-Beagle ganz aufgeregt und fällt über Spacko her.

Und Ulf dann auch. Und Mandy dann sowieso noch mal.

Ich persönlich gucke mir das Ganze nur doof und ratlos an und denke: ›Spacko ist Spacko. Aber Spacko ist auch Rudel. Und Rudel ist tabu.‹, ... und weiter dann: ›... einerseits! Andererseits: Spacko ist Spacko!‹, weshalb ich mich dann *auch* auf Spacko stürzen will, damit der die Scheißleine endlich loslässt, da ...

… ruft jemand in den Zwinger rein:
»Ach du Scheiße! Quinn!«
– Karl! *Mein* Karl!

»Keine Panik! Zurück auf deinen Posten, *Brother!* Everything is under control!«, grinst Spacko irre zurück, während Mandy sich in seine Jacke verbeißt, Louis *ganz, ganz* wild kläffend um ihn herumspringt und Ulf auf ihm draufliegt und ihm mörderböse das Gesicht ableckt.

»Ein Scheiß ist hier unter Kontrolle, Taylor!«, schätzt Karl die Lage richtig ein, springt dann selber in den Zwinger, reißt Spacko die Leine aus der Flosse und zieht mich aus dem Zwinger raus.

Ulf, Louis und Mandy gucken sich überrascht um, lassen Spacko Spacko sein, hechten auf Karl zu und da stelle ich mich aber schützend vor ihn und belle los: **»Stopp!** Das ist Karl! Karl ist meins!«

Ulf, Mandy und auch der *Beagle des Todes* stoppen und gucken mich an.

»Was soll denn die Scheiße jetzt?«, pflaumt Mandy mich an. »Du wolltest doch nach Türkhausen. Entscheide dich, Mann!«

»Türk*heim*!«, korrigiert Ulf.

»Ein Wort von dir, und ich beiß Karl den Arm ab«, verspricht Louis, der Killer-Beagle.

»Das ist lieb von dir, Louis«, sage ich zu ihm und zu allen dann noch mal: »Haut ab! Ich komm klar!«

»Wie du meinst«, meint Mandy. »Wir sehen uns. Ich bin dann mal weg. – *China!*«, und ist dann mal weg.

»China! Warum eigentlich nicht?! Auf nach China«, brummt Ulf und trabt Mandy hinterher.

Nur der Beagle bleibt, guckt mich ernst und nachdenklich an und dann kläfft er: **»No risc, no fun!«**, und hoppelt Mandy und Ulf fröhlich hinterher.

19 } Quinn

»How simple is that, Charly-Boy?!«, hab ich noch zu Karl gesagt, als wir da vor rund drei Stunden noch vor Kretschmanns Haus rumgestanden sind. »Rein in die Wohnung – raus aus der Wohnung. Was soll schon schiefgehen?!«

»Alles!«, hat Karl hochnervös geantwortet. »*Alles* könnte schiefgehen.«

»See you later! In fünf Minuten bin ich wieder da«, habe ich den alten Knaben noch cool angesmiled und dann war ich mit der Fellwurst kurz darauf auch schon in Kretschmanns verlassener Wohnung. Per EC-Karte wieder. Alles easy. – Ich setzte die Fellwurst auf den Teppich, nahm ihr die Leine ab und ...

... statt die Wohnung sofort wieder zu verlassen, habe ich mich noch ein wenig umgesehen.

... und möglicherweise, eventuell, *ganz* vielleicht ist das auch der Grund, warum Plan A nun etwas hakt.

Aber was soll ich sagen?! Die Gelegenheit war einfach zu verlockend. Tante Christiane hatte gesagt, dass die Beweise – die Beute vom Villa-Einbruch – sehr wahrscheinlich hier liegen würden. Irgendwo in Kretschmanns Wohnung. Clever versteckt im Eisfach vom Kühlschrank vielleicht. Oder pfiffigerweise in dem Wasserbehälter der Klospülung in Tüten eingeschweißt. Oder in dem Kasten der Neondeckenleuchte. *Überall* habe ich nachgesehen und ...

… ich mach es kurz: Die Beute lag unter einem der Kissen auf dem Sofa. *Da* hatte Enddenker Kretschmän sie versteckt. Alles war da: Diamantenringe, Colliers, Goldmünzen … und eine Armbanduhr der Marke Rolex. – Unterm Strich: ein Vermögen!

But, my friend: *Nichts* davon habe ich angerührt. Selbstverständlich nicht. Tante Christiane brauchte Beweise für Kretschmanns Villaeinbruch und die sollte sie auch kriegen. Mittels Polizei, wenn diese nach einem anonymen Hinweis nicht nur die Fellwurst auf Kretschmanns Teppich, sondern eben nach einem *Bonus*-Hinweis auch die komplette Beute unter seinem Sofakissen finden würde.

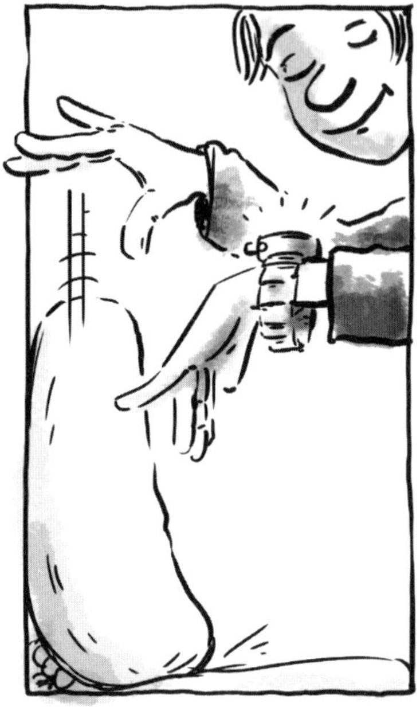

... okay: Die komplette Beute *abzüglich* einer Rolex. Die habe ich mir genommen. Als Finderlohn quasi. Die bringt auf eBay mindestens 10.000 Euro. Genügend Geld, um damit den Masterplan zu finanzieren. – Rückflug nach Liverpool, Mum und Dad aus dem Gefängnis holen, per Anwalt oder Bulldozer. Und von dem Rest kaufe ich mir ein paar neue Turnschuhe. Die brauche ich nämlich. Ganz dringend sogar.

Anyway: Nichts – bis auf die Rolex eben – rührte ich von der Beute an, legte das Sofakissen wieder darüber und ...

... dann bin ich noch mal kurz auf den Balkon. Weil ich so eine Ahnung hatte, dass der höchst dämliche Kretschmann dort vielleicht auch noch *irgendetwas* genial versteckt haben könnte. Diebesgut aus anderen Einbrüchen, die nichts mit dem *Villa-Fall* zu tun haben. Weil da war mein Gedanke, dass ich das logischerweise komplett einsacken könnte. Wer sollte da schon eine Anzeige wegen Diebstahl erstatten? Der Kretschmann sicher nicht. – *Man hat mir mein Diebesgut gestohlen! Aus einem anderen Bruch!* – So dämlich kann selbst der Albert Kretschmann nicht sein, dass er *das* der Polizei sagen würde.

Ich betrat also höchst ahnungsvoll den Balkon und – siehe da – Volltreffer! In einer Plastiktüte hinter dem Wäscheständer wurde ich fündig: Portemonaies und ein Haufen Handys. Ich freute mich sehr über *Albert Einsteins* unendliche Doofheit, aber dann war die Freude nur von kurzer Dauer, als ich feststellte, dass die Portemonaies leer und die Handys alt und wertlos waren. Enttäuscht packte ich den ganzen Krempel zurück in die Tüte. Und während ich dieses tat, kam ein leichter Wind auf und kurz darauf hörte ich, wie hinter mir eine Tür zuflog. *Diese* hier. Die Balkontür ohne Außengriff also! Das sollte man dem Kretschmann bei Gelegenheit mal deutlich sagen, dass er das gefälligst reparieren soll und …

… so eine Gelegenheit wäre *jetzt. Point 11:15 p.m.*. Albert Kretschmann kommt soeben zur Wohnungstür rein und …

… das ist nicht gut! Gar nicht gut ist das! Shit!

Teil II

20 } Quinn

Drei Tage sind nun verstrichen seit der *Mission Fellwurst*. Und die Mission forderte ihren Tribut. *Opfer* eben. *Zwei*, um genau zu sein. Das eine heißt *Quinn Taylor*. Ich also. Mich hat es extrem hart erwischt! Aber don't worry, my friend. *Wir Taylors sind hart im Nehmen!*, wie mein Dad immer gesagt hat. ... möglich, dass er das auch ein klein wenig zu wörtlich nahm, weil er den Spruch meist immer dann gebracht hat, wenn seine Geschäfte besonders gut liefen.

Anyway: Wir Taylors sind *irgendwie* hart im Nehmen und von allen Taylors bin ich selbstverständlich der härteste.

Mich wirft so leicht nichts aus der Bahn und nach drei Tagen Kampf um Leben und Tod, also nach einer wirklich sehr schweren Erkältung, würde ich nun vorsichtig denken: Ich bin über dem Berg! ... also *fast*!

Opfer Nummer eins: me myself. – Hard!

... ach so, ja: Und *Opfer Nummer zwei* gab es eben auch und das hieß: *Albert Kretschmann!* Den hat es auch hart getroffen. Und das kannst du nun wirklich wörtlich nehmen, weil ...

... der Kretschmann kam an jenem Abend zur Wohnungstür reingeschlurft und dann ging seine Hand automatisch zum Schalter, um das Licht anzuknipsen. Und da hielt er aber inne, weil der Highspeed-Denker dann auch peilte, dass das Licht ja bereits an war. Extrem nachdenklich glotzte er die flackernde Deckenleuchte an und schlurfte dabei quer über den Teppich und ...

... stolperte über einen schlafenden Hund, flog vornnüber, voll rein in seinen Fernseher, quietschte mit seiner rechten Wange am Bildschirm runter, touchte mit der Stirn noch einmal kurz und heftig die Kante der Fernsehkommode, bevor er dann endgültig zu Boden krachte und liegen blieb. – *Knock-out!*

Und da, my friend – reaktionsschnell wie ein Stein – wurde der Hund doch tatsächlich wach. Dösig guckte er hoch und dann war er *ganz* wach und glotzte mächtig fragend auf den regungslosen Kretschmän-Body. Und mit demselben Ausdruck guckte er hinter sich zur Wohnungstür, die noch offen stand.

... und auf Kretschmanns Denkerstirn regte sich etwas. Eine Falte, ein Pickel. Was weiß ich. *Irgendetwas* regte sich. Der Mann kam zu sich. Langsam, aber gefährlich sicher. – Nervös tickte ich gegen die Scheibe, worauf Spencer dann auch tatsächlich seinen Kopf zu mir herüberdrehte und *mich* nun fragend anglotzte.

»Spencer! Mein lieber, guter Spencer!«, flehte ich den Köter leicht irre durch die Scheibe an. »Mach bitte die Tür auf! Please! Do it! Now! Pliiiiiiiiiisss... ...s!!!«

Und da wusste ich, dass der Hund verstand. Er warf noch einmal einen Blick auf den Kretschmann, dann tippelte er zur Balkontür rüber, guckte mich mit schiefem Kopf niedlich an und ...

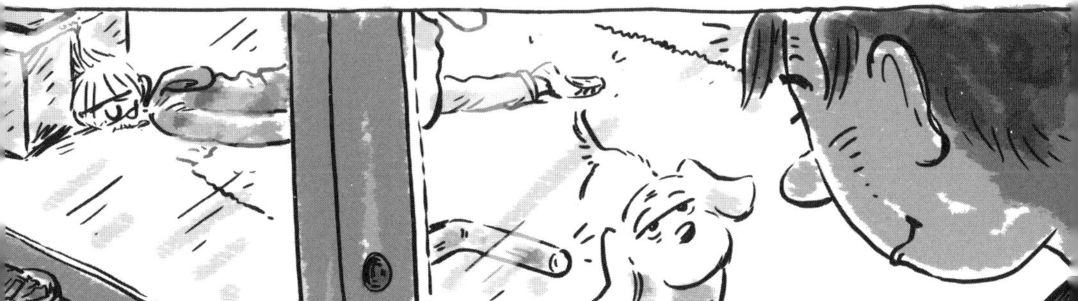

... dann drehte er sich einfach um und wackelte lässig zur Wohnungstür raus. Einfach so! Eiskalt!

Weg war die Fellwurst. Und ich aber immer noch da. Auf Kretschmanns Balkon. Ausgesperrt. Draußen. Und drinnen lag der Kretschmann auf dem Teppich. Statt Fellwurst. – Ich sag mal so: Plan A hakte nicht nur ein wenig, er schlug vollkommen behämmert fehl.

Dann: Kretschmann rollt die Augenlider hoch, ich ducke mich. Der Mann ist wach.

»Scheiß auf Plan B!«, sage ich mir da selbst, ziehe mein Smartphone aus der Jackentasche, um Hilfe zu rufen. – *Polizei oder Tante Christiane* – eine Entscheidung zwischen Pest und Cholera. Wen ich auch anrufe, der Ärger ist garantiert. Beiden müsste ich beichten, dass ich hier eingebrochen bin. – Ich wäge ab und entscheide mich für Cholera – *Tante Christiane* also. Ich drücke die Hometaste, um mein Smartphone zu aktivieren, und ...

… dann lässt es sich aber gar nicht mehr aktivieren, weil es komplett hinüber ist. ›Der Pitbull! This bloody Bastard of … … … *Pitbull!*‹, verfluche ich die durchgeknallte Kampftöle, die sich im Tierheim in meine Jackentasche festgebissen hatte.

Kretschmann quält sich in die Senkrechte und steht nun da. Leicht schwankend, schwer brütend. Was ihn nicht weiterbringt und er dann einfach auch nur ergebnislos die Schultern hochzieht und zur Wohnungstür hinüberschlurft, um sie zu schließen. Dann macht er kehrt. Richtung Couchtisch. Er greift sich die Bierflasche, die darauf steht und schüttelt sie. – Leer!

Besorgt schiele ich in die rechte Balkonecke, in der eine Bierkiste steht. Ich zähle eins und eins zusammen. Kretschmann wird in extrem absehbarer Zeit den Balkon betreten, um sich ein Bier zu ziehen.

›Handy!‹, denke ich verzweifelt. ›Ich brauche ein Handy! Irgendein verf...‹, denke ich nicht zu Ende, weil mir blitzartig durch den Kopf schießt, wo ich nicht nur *ein* Handy, sondern gleich mehrere hier auf dem Balkon gesehen hatte. Ich robbe über den Balkon in die linke Ecke. Unter dem vollen Wäscheständer hindurch bis zur Plastiktüte dahinter. Ich ziehe das erstbeste Nokia heraus und tippe drauf – Tot! Ich ziehe ein weiteres aus der Plastiktüte. Ein uraltes Motorola – auch tot. Ich ...

... kürze ab: Das fünfte Handy der Marke Medion zeigte ein schwaches Lebenszeichen.

Hektisch drücke ich Tante Christianes Mobilnummer in die Tasten und ... breche ab. – Kretschmann könnte jeden Moment den Balkon betreten und meine Stimme hören. Raffinierterweise hacke ich also eine SMS in die Tasten.

Hi Tante Chrissi! Könnte deine Hilfe gebrauchen! Komm! ... NOW!
Kind regards, Quinn

PS.: Nicht unwichtig: bin bei KRETSCHMANN!!!

Nochmals drücke ich Tante Christianes Mobilnummer ins Handy, schicke die SMS ab und ...

... exactly in dem Moment betritt Albert Kretschmann den Balkon. Ich verkrieche mich unter den Wäscheständer und sehe zwischen zwei seiner ausgeleierten Unterhosen hindurch, wie der Kretschmann eine Flasche Bier aus dem Kasten zieht und damit zurück in die Wohnung schlurfen will und dann aber einfach stehen bleibt, weil es ***Tüdeldidüt Tüdeldidüt*** macht. – Das Handy der Marke Medion in meiner Hand! Ein SMS-Signal!

Die von Ihnen gewählte Nummer ist nicht vergeben.
Viel Spaß wünscht Ihr Mobile Serviceteam

... kann ich grade noch lesen, da schiebt der Kretschmann auch schon langsam den Unterhosenvorhang seines Wäscheständers auf, entdeckt mich, lässt vor Schreck die Bierflasche fallen und glotzt mich fassungslos an.

»W... watt soll die Scheiße???«, keucht er mich an.

»Äh... Z... Zahlendreher! Hab mich verwählt. *Unfortunately!*«, antworte ich ein bisschen sehr doof, aber ehrlich.

»Ann... ***watt?***«, fragt er zurück.

»Unglücklicherweise!«, übersetze ich höflich.

»Ah! Verstehe! *Annfortsch...*«, wiederholt Kretschmann und dann aber auch noch mal echt sauer: »Ich hab gefragt, watt die Scheiße hier soll, äy! Und ... überhaupt mal: Dich kenn ich doch! Von heute Nachmittag hier. Die Pfeife mit der großen Fresse.«

Das Spiel war aus!

... aber, my friend: Kein Grund für einen Quinn Taylor, aufzugeben. Einen Trumpf hatte ich noch. Das Handy!

Schnell wie ein Revolverheld drücke ich die Nummer vom Polizeinotruf da rein, stelle auf *Laut*, halte meinen Zeigefinger direkt über der Wahltaste und richte das Handy mit Display nach vorn auf Kretschmann, damit der sieht, dass ich es ernst meine.

»Wir machen das jetzt so, Albert«, sage ich cool. »Du hast die Wahl! ***A:*** Ich ruf jetzt bei der Polizei an und verrate den Cops, wo du das ganze Zeug aus dem Villa-Bruch versteckt hast. Ganz dämlich unterm Sofakissen nämlich. Weiß ich alles. Die sind in zwei Minuten da. Keine Zeit für dich, das Zeug loszuwerden. So sieht's aus.«

»Ach ...«, sagt Kretschmann mächtig überrascht und glotzt verdutzt auf das Handydisplay.

»Ja – *Ach!*«, sage ich sehr cool. »Oder ***B:*** Ich ...«

»A!«, grätscht Kretschmann mir in Vorschlag ***B***, mit dem ich ihm eigentlich anbieten wollte, dass ich *nicht* die Cops anrufe und er mich dafür einfach gehen lässt. Was viel vorteilhafter wäre. Für ihn und, nun ja, ganz klar auch für mich ... von wegen Einbruch hier.

Etwas irritiert frage ich also nach: »Bist du dir sicher, Albert? Ich meine, ***B*** wäre viel vorteilhaf...«

»***A!*** Ich will das ***A!*** Drück den Scheißknopf! Ruf die Bullen!«, ist Albert Kretschmann sich sicher.

Mit Checkermiene blicke ich direkt in seine Augen. Kretschmann glotzt zurück. Er lässt mir keine Wahl, weshalb ich dann auch so düster wie möglich knurre: »Kretschmann. Man muss wissen, wann man verloren hat!«, und drücke den Abzug ... also die Wahltaste vom Handy jetzt.

Die drei Signale der gewählten Nummer ertönen und ...

... kurz darauf flötet eine freundliche Frauenstimme:

Die von Ihnen gewählte Nummer ist nicht vergeben.

Viel Spaß wünscht Ihr Mobile Serviceteam.

Extrem nicht verstehend glotze ich dann selber noch mal auf das Handydisplay, um mich zu vergewissern, dass ich die richtige Nummer gewählt hatte. – Ja, hatte ich. Und bevor ich da aber noch mal auf Wahlwiederholung drücken kann, schnappt der Kretschmann mir das Handy einfach weg und geiert irre dämlich los.

Und als er sich einigermaßen einkriegt, sagt er: »Du hast die falsche Nummer gewählt, du Heiopei, höhöhö!«

»Wie, *falsche Nummer gewählt*?!«, frage ich leicht trotzig.

»Falsche Nummer gewählt! *999*. Komplett falsch! Bullerei hat die *110*! Oder *112* geht auch. Aber *999*? *999* geht ja gar nich'! Wo lebst du, Mann?!«

»England! Normalerweise!«

»Ah, verstehe. Und da haben sie die 999, ja?«

»Yep. Und 112 geht glaub ich auch.«

»Ja, das is' international. Du hättest 112 wählen müssen. Dann wär's gegangen.«

»Verstehe!«

»Nur nich' in Amerika. Da wählt man die 911.«

»Ach?!«

»Ja, *ach!* Kein Scheiß! Das kenn ich aus den Fernsehserien«, erklärt Kretschmann mir noch und dann …

... hämmert jemand gegen die Wohnungstür.

»Ja, wer ist denn das jetzt noch?«, fragt Kretschmann.

»Keine Ahnung, Albert«, sage ich ganz ehrlich und auch ein bisschen müde.

»Hm!«, macht Albert und dann dreht er sich einfach um und geht rein.

»Wer ist da?«, höre ich ihn durch die Wohnungstür rufen.

Und da ruft dann auch prompt jemand aus dem Flur durch die Wohnungstür zurück: **»Polizei! Öffnen Sie die Tür!«**

21 } Spencer

Rate, wo ich bin! Komm! Tu! Mach! Rate es!

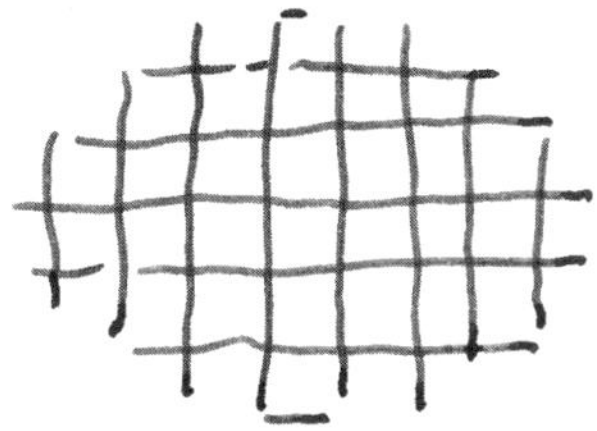

... *Tierheim!* – Korrekt! Hundert Leckerlis für dich, Kumpel!

Im Tierheim bin ich. Seit drei endbescheuerten Tagen! Also ich schätze, dass es *drei* Tage sind. Weiß ich alles immer noch nicht so ganz genau, wie man die Scheiße zählt. Jedenfalls bin ich hier, seitdem ich die endbescheuerte Wohnung mit einem endbescheuerten Spacko drin verlassen hab. ... korrigiere: *Zwei* Spackos sogar! In Worten: ***2!*** Und das jetzt mal sicher.

Original-Spacko vom Balkon und irgendein anderer Spacko lag ganz plötzlich tot vor meinen Pfoten rum. Vielleicht hat er auch noch ein bisschen gelebt, das weiß ich alles nicht, weil ich dann ja auch direkt zur Wohnungstür raus bin, die da ganz überraschenderweise auf war.

… also *fast* direkt da raus. Erst bin ich noch mal zu Spacko Nummer 1 rüber, weil der wollte nämlich auf einmal, dass ich ihm die Balkontür aufmache. Da hatte ich aber so was von gar keinen Bock mehr drauf und überhaupt mal hatte ich echt wichtigere Dinge zu erledigen.

… dann hab ich mich noch mal ordentlich umgeguckt. Nach Karl, ganz klar. Weil als Spacko und ich rein sind ins Haus, war Karl ja dabei und der blieb aber unten vor der Haustür stehen.

Karl war nicht mehr da. Abgehauen. Sehr wahrscheinlich nach Hause, wo er auch hingehört um diese Zeit.

Da bin ich beruhigt weiter. Durch die Straßen von Göttingen. Richtung Bahnhof wieder. Den Weg kannte ich ja nun und wusste auch noch, dass dort haufenweise die Taxis rumstehen.

Wenn ich Glück hätte, wäre ja vielleicht mein Landweibchen – also die *Taxi-Frau aus der Türkei* eben – wieder am Start und da hatte ich mir schon ganz genau überlegt, dass ich der diesmal immer ins Lenkrad springe, wenn ich merke, dass die sich wieder verfährt, und wenn wir dann auf dem korrekten Weg in die Türkei sind, wollte ich ihr noch erklären, dass sie sich bitte um Doris kümmern soll, und vielleicht konnte sie Doris ja auch per Post nachschicken ... oder besser doch *persönlich* vorbeibringen, weil bei Postpaketen geht am Ende ja auch immer eins verloren, und während ich da in den Straßen von Göttingen auf dem Weg zum Bahnhof noch verstärkt darüber nachgrübelte, wie ich der türkischen Taxi-Frau *das* alles erklären könnte, damit sie's auch wirklich kapiert, sagte Mandy zu Ulf: »Jede Wette: ***Da*** geht's nach China!«

… also Sache war die jetzt: Mandy, Ulf und Louis, der Beagle, standen plötzlich da, hinter der nächsten Ecke, wo ich rum bin.

Und *da* hatte Ulf der Mandy auch direkt geantwortet: »Halte ich! 10 Euro!«

»Was soll der Quatsch, Ulf?! Du bist ein Hund. Was willst du mit Geld?«, hat Mandy noch gesagt und dann peilt Louis, der Beagle, als Erster, dass ich vor dem Kampf-Trio schon ein Weilchen verdutzt rumstehe und kläfft mich voll fröhlich an: **»Hey Spencääär! Du hast es geschafft! *Allllter Schwede!*«**

»… äh, was geschafft?«, frage ich.

»Auszubüxsen, Mann!«, antwortet Louis ganz aufgeregt.

Und ich dann noch: »Ühmm, ja klar. War nicht ganz easy, aber: hier bin ich … höhö!«

»Prima!«, freut sich auch der Ulf. »Dann kommst du also mit nach China … in ***diese*** Richtung!«

»Ulf, lass es! Es geht ganz klar ***da*** lang!«, knurrt Mandy ihn noch mal an und zu mir dann aber ein bisschen freundlicher: »Coole Sache, das, Alter! Aber ich dachte, du willst nach Türkhausen?!«

»Türk***heim***!«, korrigiert Ulf.

»Türk***ei***!«, korrigiert Louis und ich sage: »Stimmt, will ich. Da muss ich aber erst zum Bahnhof wegen der Taxis ... und so.«

»Aha?!«, sagt Mandy. »Da müssen wir zufälligerweise auch hin. Wir nehmen den Zug nach Hanoi, weißt du?!«

»*Hannover!* Erst nach *Hannover.* Und dann mit dem Flieger nach *Hong Kong*, nicht *Hannoi*!«, korrigiert Ulf sie.

»*Hanoi, Hannover, Hong...heim.* Ist doch wohl scheißegal, Mann«, knurrt Mandy angenervt. »Erst mal müssen wir zum Bahnhof. Und der liegt ja wohl ganz eindeutig in ***dieser*** Richtung! Stimmt's, Spencer?«, fragt sie mich dann noch mal und zeigt mit ihrer Schnauze Richtung Friedhof.

»Nope! Da geht's lang!«, hab ich dann gesagt, worauf Ulf einmal kurz und triumphierend nickt und dann mit Kopf im Nacken in Richtung Bahnhof federt.

»Ulf, du bist ja *sooo* ein Klugscheißer«, knurrt Mandy und geht ihm dann aber hinterher.

»Ich bin kein Klugscheißer. Ich weiß es halt einfach immer besser«, höre ich Ulf zu Mandy sagen.

»China, wir kommen! No risc, no fun!«, kläfft Louis, der Abenteuer-Beagle, ganz aufgeregt und wetzt Ulf und Mandy hinterher. Und ich ...

... bleib dann aber stehen, weil ich, Kumpel, auf der anderen Straßenseite eine wunderschöne Pudellady entdecke. Ganz plötzlich war sie da. Mit einer älteren Dame an der Leine.

»Leute!«, belle ich dem China-Fan-Club hinterher. »Ich komm nach. Hab noch was zu erledigen!«

»Kein Thema, Baby. Wir sehen uns! Vielleicht ja mal in Hanoi? Wer weiß?!«, bellt Mandy zurück.

»Hong Kong!«, weiß Ulf.

»Ich freu mich!«, freut Louis sich einfach nur.

»Lass es krachen, Beagle!«, belle ich ihm noch nach und dann bin ich über die Straße, Richtung Pudellady mit Oma dran. Und ...

... was dann so *ganz* genau passiert ist, kann ich dir auch nicht mehr so *ganz* genau erklären, weil ich voll doof extrem direkt wieder in ein Auto mit *POLI... sonst was drauf* reingebrettert bin, das voll doof ganz genau in dem Moment da langgefahren ist, als ich rüber bin über die Straße und ...

... als ich wieder wach wurde, stand wer vor mir? – Lothar!

»Keine Ahnung, wie ihr *das* fertiggebracht habt. Absolut keine Ahnung«, sagte er etwas schläfrig zu mir und schloss die Zwingertür von außen.

Ich sag dir, Kumpel: Weibchen! Weibchen sind mein Verhängnis!

22 } Quinn

Jetzt frage ich dich etwas, my friend: Bist du gut darin, Dinge für dich zu behalten? Ich hoffe es, weil wenn Mum, Dad, meine Geschwister durch irgendeinen dummen Zufall erfahren würden, was ich dir jetzt höchstpersönlich anvertraue, die würden mich teeren und federn und Mum würde mir vielleicht noch einen Zettel an die Stirn tackern, auf dem *›Ich bin eine Null!‹* steht.

The top secret thing is: Nie war ich glücklicher, die Polizei zu sehen, als vor drei Tagen. Bei Albert Kretschmann eben, als er seine Wohnungstür für sie öffnen musste. Für die beiden Cops und …

… eine Staatsanwältin! Tante Christiane!

»Gefahr im Verzug, Herr Kretschmann!«, begrüßt Tante Christiane den Albert lässig.

Mächtig verdutzt glotzen er und auch ich – da, aus meiner Wäscheständerdeckung auf dem Balkon – den extrem unerwarteten Besuch an.

»Wo ist der Hund, Kretschmann?«, fragt der eine Polizist ihn streng.

Da war ich erst schon ein bisschen beleidigt, dass es bei dieser *Rettungsaktion* offensichtlich gar nicht um *mich*, sondern um die *Fellwurst* ging. Aber dann dachte ich auch, dass Tante Christiane sich schon etwas dabei gedacht haben wird, und blieb in Deckung.

»H… H… Hund! Schon wieder?!«, schnappt Kretschmann ehrlich überrascht nach Luft und Worten, da bellt der andere Polizist plötzlich: »**DA, Günther!** Eine Leine!« und zeigt auf Spencers Leine, die ich auf den Küchentisch gelegt hatte.

»Wo denn, Horst?«, fragt Kollege Günther den Horst, aber da hatte Tante Christiane sie selbst schon zwischen Bierflaschen und leeren Raviolidosen entdeckt, nimmt sie, wirft einen prüfenden Blick darauf und sagt zu ihren Cops: »Das ist sie. Die Leine von meinem Hund!«

»Da… da… da…«, brabbelt Kretschmann die Leine an und dann doch noch mal etwas flüssiger und echt empört hinterher: »Da… das ist eine Falle, ist das doch! Die hat doch dieser Typi da hingelegt.«

»Welcher Typi?«, fragen Horst und Günther baff, Tante Christiane verzieht keine Miene und Kretschmann plappert drauflos: »Na, der Typi, der heute Nachmittag schon mal da war. Zusammen mit *Chefin* hier und noch irgendeinem anderen Hosenscheißer. Eingebrochen sind die hier! Hab sie auf voll frischer Tat ertappt und mit meinem Handy gefilmt.«

»Ach«, macht Horst.

»Ja, *ach*!«, sagt Albert. »Und dann ist mir das Teil aber ins Bierglas gefallen und dann hab ich's zum Trocknen in die Mikrowelle gelegt. Was jetzt echt nicht ganz so schlau von mir war, weil danach war das Handy voll im Arsch, versteht ihr?«

»Das verstehen wir, Herr Kretschmann«, sagt Günther, Horst nickt und beide schielen dann peilfrei zu Tante Christiane rüber und die zuckt aber nur sehr cool und ahnungslos mit den Schultern.

Derweil ich, da auf dem Balkon, kräftig in meine Faust beiße, damit ich nicht laut losbrülle. – *Mission Fellwurst* war vollkommen unnötig. Kretschmann hatte den Beweis sauber vernichtet. Ganz doof per Mikrowelle. *Nichts* hatte er gegen Tante Christiane in der Hand.

»Is' aber auch alles scheißegal jetzt«, plappert der Kretschmann weiter. »Eingebrochen ist der Typi hier. *Noch mal*. Alleine dann. Und dann hat der Trottel sich ausgesperrt auf dem Balkon. Wegen der kaputten Tür, versteht ihr?! Ist mir auch schon ein paarmal passiert, weshalb ich da auch die Kombizange in den Putzeimer reingetan hab. Da kommt man dann ganz leicht wieder mit rein in die Wohnung und ...«

... der Typi, *ich* also, schielt in den Putzeimer neben sich, sieht die Kombizange und hat das ganz starke Bedürfnis, sich selbst in den Hintern zu treten und ...

»… jedenfalls hat der Typi da mich eben noch zwischen meinen Unterbuchsen mit einem Handy bedroht und dann habe ich ***A*** gesagt und dann hat er die Bullen in England angerufen und da war dann aber natürlich nur eine Tussi vom Band an der Strippe, die dem Typi viel Spaß gewünscht hat. So sieht's aus!«, erklärt Kretschmann zu Ende.

Tante Christiane, Horst und Günther gucken den Albert ausdruckslos an und der Günther fragt dann: »Herr Kretschmann, haben Sie Drogen zu sich genommen?«

Kretschmann überlegt kurz und dann haut er aber raus: »Nein, Mann! Ich schwöre, äy: Ich denk mir die Scheiße hier doch nicht aus«, und dann brüllt er zum Balkon raus: **»Äy, Meister! Dein Typ ist gefragt! Komm ma rein, äy!«**

Ich gehe in volle Deckung, halte die Luft an und bleibe da, wo ich bin.

»Was machen, Chefin?«, höre ich Günther fragen und Chefin, Tante Christiane also, antwortet: »Wirres Zeug, was der Mann da redet. Aber: Ich schaue nach. Behalten Sie bitte Herrn Kretschmann im Auge.«

Und während ich noch höre, wie *Herr* Kretschmann ganz beleidigt rumschimpft, betritt Tante Christiane meinen Balkon, geht direkt auf den Wäscheständer zu, schiebt Kretschmanns Unterhosen beiseite, sieht mich, wie ich da hocke, extrem durchgefroren und mit nur einem Schuh an.

»Hi, Tante Chrissi. Alles unter Kontrolle hier«, begrüße ich sie flüsternd.

Tante Chrissi rollt genervt die Augen, sagt aber keinen Ton, schiebt den Unterhosenvorhang wieder zu, tut so, als würde sie noch mal in der anderen Ecke nach mir suchen, und nuschelt währenddessen zu mir rüber: »Wo ist der Hund?«

»Was? ... ach so, ja, der *Hund* natürlich!«, antworte ich leicht zickig. »Der ist natürlich *viel* wichtiger als *irgendein* junger Engländer, der unter Einsatz seines Lebens ...«

»Der *Hund*, Quinn! Wo?«

»Abgehauen! Kretschmann weiß von nix!«

»Gut!«, nuschelt Tante Christiane zurück, und bevor sie wieder in die Wohnung verschwindet, zische ich noch schnell, kurz und knapp zu ihr rüber: »Unter dem Sofakissen! Villa-Beute! Alles, was du brauchst!«

Tante Christiane sagt nichts mehr, geht wieder rein und zieht die Balkontür hinter sich zu.

Ich spähe wieder durch Kretschmanns Wäsche hindurch über den Fensterrand in die Wohnung und höre Tante Christianes gedämpfte Stimme: »Wie ich vermutet habe, meine Herren. Da ist niemand.«

Horst und Günther nicken und der Kretschmann fassungslos: **»Wie, *da ist niemand*?!?! Natürlich ist da jemand. Das ist doch hier voll das abgekartete Spiel, äy.«**

»Hübsches Sofa, Herr Kretschmann«, wechselt Tante Christiane aber einfach das Thema. »Ikea?«

»Was?«

»Das *Sofa*! Bei Ikea gekauft? Ich suche für meine Tochter eins. So eins wäre perfekt«, erklärt Tante Christiane.

»Ah, verstehe«, versteht Kretschmann. »Also ich hab das Teil über eBay geschossen. Keine Ahnung, ob man das auch bei Ikea kriegt.«

»Ja, kriegt man«, weiß der Günther aber. »Modell *Björk* oder so. Mein Sohn hat das Gleiche.«

»Ach«, staunt der Albert.

»Ja, *ach*!«, sagt Günther. »Das ist ganz praktisch, nicht wahr?!«

»Superpraktisch!«, sagt Albert stolz. »Vor allem, wenn mal Besuch da ist. Da klappt man es einfach auf und – zack – hat man ein Bett.«

»Neeeiiin«, staunen Horst und Tante Christiane.

»Wenn ich's sage!«, sagt Albert, geht zu seinem Sofa herüber und – believe it or not – klappt es auseinander. Die Kissen darauf kippen dabei mit nach hinten und vor einem der Kissen kommt die halbwegs komplette Beute aus dem Villa-Einbruch zum Vorschein.

»Ei, was haben wir denn hier, Herr Kretschmann?«, fragt Tante Christiane *ganz überrascht* und nickt ihren Cops zu, die dem Albert darauf auch direkt die Handschellen anlegen und die Beute sicherstellen.

»Ei... ei... eine Falle ist das hier doch. Die ganz miese Tour. Voll abgekartet alles«, höre ich den Albert noch tüchtig schimpfen, als Horst und Günther ihn abführen. Tante Christiane zieht die Wohnungstür hinter sich zu und ...

... dann war Stille!

Zwei volle Rolex-Minuten warte ich, öffne dann mit Kretschmanns Kombizange aus dem Putzeimer die Balkontür. – *Sehr simpel! Sehr schnell!* – Kurz darauf stehe ich wieder unten vor der Haustür. Allein. Von Tante Christiane keine Spur und Cousin Karl lag wahrscheinlich sowieso schon seit Stunden in seinem warmen Bettchen.

»Disappointing!«, murmle ich und trete den Heimweg an. *Enttäuscht* eben, allein, durchgefroren, mit nur noch einem Schuh an. Ich schlurfe um die nächste Straßenecke und …

… da werde ich voll geblendet. Per Lichthupe einer großen schwarzen Limousine, die gut 50 Meter vor mir steht. Ich habe keine Ahnung, wer das sein könnte. – Üble Gegend, ungutes Gefühl.

Langsam – *step by step* – gehe ich daher ein paar Schritte rückwärts, mache eine halbe Drehung, will losrennen, da brüllt jemand hinter mir: **»Steig ein, Spasti!«**

Mächtig verwundert drehe ich mich wieder um, weil ich die Stimme kenne.

»Sophia, ***bitte!***«, höre ich darauf eine andere, mir ebenfalls sehr bekannte Stimme schimpfen. – *Onkel Achim!*

Erleichtert stapfe ich rüber zu der schwarzen Limousine der Marke Mercedes Benz, wie ich dann natürlich klar erkenne. – Tante Christianes Schlachtschiff. Mit Vollbesetzung. Lässig halte ich Tante Christiane durch ihre offene Fensterscheibe meine rechte Hand hin und sage cool: »Come on, Partner. Give me five!«

Da guckt sie mich aber einfach nur an, zeigt mit dem Daumen, dass ich hinten einsteigen soll, und zwar: ***»Now!«***

Da sage ich mal besser nichts und tue einfach, was Tante Christiane möchte, steige hinten neben Karl ein und der sagt zu mir: **»Penner!«**

Tante Christiane startete den Motor und fuhr los. Niemand sprach. Die Stimmung war wirklich ganz außerordentlich schlecht. Was ich einerseits wegen der *ein oder anderen kleinen Panne* ein bisschen verstehen konnte. Andererseits, my friend: Ein erbitterter Fight mit zweieinhalb Bestien im Tierheim, über drei Stunden in der Kälte rumstehen, am Ende noch eine mörderdämliche Begegnung mit einem Kriminellen. – Und wofür das alles?

»Wisst ihr, Leute«, fasse ich daher auch noch mal für alle ordentlich zusammen: »Ich hatte einen wirklich anstrengenden Abend. Da könnte man ja auch einfach mal sagen: *Hey Quinn, schön dich zu sehen und:* ***Danke*** *für alles!*«

Da drehen sich alle langsam zu mir um und glotzen mich mit großen Augen an und Sophia sagt zu mir: »Du hast echt den Schuss nicht mehr gehört, Engländer!«

»Aber so was von nicht!«, schiebt Karl hinterher, Onkel Achim nickt finster und Tante Christiane steuert das Kriegsschiff an den Straßenrand, dreht sich wieder zu mir um und sagt verdächtig ruhig: »Und weißt ***du***, Quinn Taylor: Dein Onkel, Sophia und ich hatten ebenfalls einen verdammt anstrengenden Abend!«

»Und was ist mit mir? Ich ...«, beschwert Karl sich noch und da wird *er* dann von allen Seiten mit strengen Blicken durchbohrt. Karl schweigt still und Tante Christiane wiederholt gefährlich ruhig: »... ***verdammt*** anstrengend!«

… die halbe Stadt hatten Tante Christiane, Onkel Achim und auch Sophia nach Karl und mir abgesucht, nachdem unser Trick mit der X-Box natürlich irgendwann aufflog. Bis Onkel Achim dann entschied, die Polizei zu alarmieren, aber da kriegte Tante Christiane exakt in dem Moment einen Anruf von Karl rein. Der stand vor Kretschmanns Haus. Die Stellung hatte er gehalten. Über Stunden hatte er versucht, mich telefonisch zu erreichen. Vergeblich natürlich. Bis er dann irgendwann mal auf die geniale Idee gekommen ist und einmal um das Haus herumlief. Und da hat er mich entdeckt und kapiert, dass ich mich da auf Kretschmanns Balkon im fünften Stock ganz offensichtlich ausgesperrt hatte.

»Hey, Buddy! Da hättest du dich ja einfach auch mal bemerkbar machen können. *Rufen! Singen!* Irgendwie so was in der Art!«, sage ich an dieser Stelle bissig zu Karl.

»Ja, und ***dann***, Vollpfosten?«, beißt dann Sophia für Karl zurück. »Was hätte Karl deiner Meinung ***dann*** tun sollen?!«

Ich schweige, weil ich keine vernünftige Meinung habe, und Karl sagt: »... ganz genau! ***Gar nichts*** konnte ich tun. Weil da standen ja auch noch andere Typen doof auf ihren Balkonen rum. Rauchend und so. Die hätten das doch mitgekriegt, wenn ich ...«

Tante Christiane, Onkel Achim und Sophia gucken Karl wieder an, Karl schweigt und Tante Christiane spricht gefährlich ruhig weiter: »***Mein Sohn*** Karl ...«

»... und ***meiner! Zwölfjährig!*** *Nachts,* vor dem Haus eines ***Kriminellen*** ...«, schiebt Onkel Achim finster ein und Tante Christiane finster weiter: »... hat ***mich*** angerufen, als er den Kretschmann kommen sah. Und ***wir***, Quinn Taylor, sind ***sofort*** gekommen und ***ich*** war diejenige, die ***deinen*** Hintern gerettet hat. – ***Also?***«

Alle gucken mich irgendwie fordernd an, weshalb ich frage: »Also *was?*«

»Sag ***›Danke!‹***, Engländer!«, hilft Sophia mir auf die Sprünge.

Alle gucken, ich kapiere und sage: »Ühmmm... *Danke!*«

Da sind auch Tante Christiane und Onkel Achim halbwegs zufrieden, drehen sich wieder nach vorn, Tante Christiane startet den Motor und da sagt Sophia zu mir: »Coole Uhr! *Rolex?*«

Tante Christiane stockt, dreht sich dann *noch mal* um und entdeckt dann auch die Luxus-Uhr im Wert von mindestens 10.000 Euro an meinem Handgelenk. Wortlos hält sie mir die Hand hin, winkt damit ein-, zweimal, ich gucke sie fragend an, sie antwortet mit einem Augenrollen, ich rolle mit den Augen genervt zurück, nehme die Uhr ab und drücke sie ihr in die Hand.

Tante Christiane dreht sich endgültig zu ihrem Steuerrad um, und während wir dann durch die elendig kalte Nacht dieser elenden Stadt gleiten, denke ich über mindestens fünfzig verschiedene Grautöne von Pech nach.

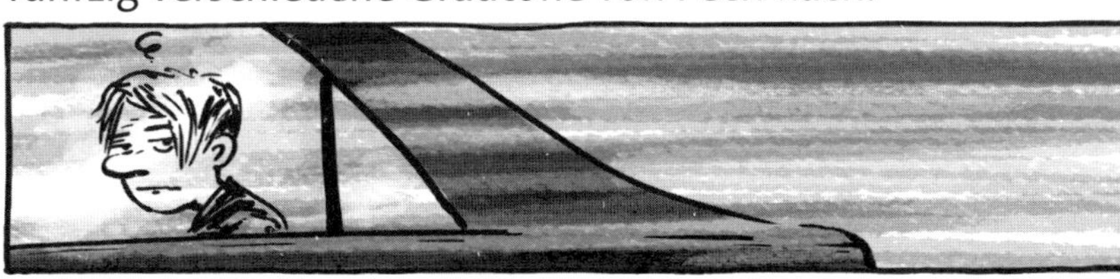

»Und was ist jetzt mit Spencer?«, höre ich Karl irgendwann neben mir fragen. »Der streunt jetzt irgendwo in der kalten Nacht rum und ...«

»... wird früher oder später im Tierheim landen, Karl. Wie immer!«, ergänzt Onkel Achim von vorn.

»Und, ganz ehrlich, Karl?«, sagt Tante Christiane darauf ernst, aber vorsichtig. »Ich halte es für sinnvoll, wenn er da bleibt. Dauernd haut er ab. Dauernd gibt es Ärger. Der Hund ist Stress. Morgen früh werde ich beim Tierheim anrufen und die Einzelheiten mit denen besprechen.«

Da guckt der Karl und kämpft mit den Tränen. ... und Sophia überraschenderweise auch!

Weshalb ich zu beiden tröstend sage: »Come on, folks! Die Fellw... *Spencer* kommt klar. Das Tierheim ist top! Und wer weiß?! Eines Tages, ganz vielleicht, adoptiert ihn ein Schrottplatzbesitzer ... oder ein Versuchslabor. Da stopfen sie ihn dann immer voll mit Mon Cherie oder so was. Um zu gucken, ab welcher Menge man von dem Zeug wirklich kotzen muss. – Spencer im Dienste der Menschheit. Ist doch toll, oder?!«

Karl und Sophia liegen sich heulend in den Armen, Tante Christiane und Onkel Achim rollen im Duett genervt die Augen, ich ziehe verwundert die Schultern hoch, und dann sind wir aber auch schon da. Vor dem Haus der Winters. Worüber ich nicht unglücklich bin und ich mich einfach nur noch auf eins freue: mein warmes, kuscheliges Bett!

23 } Spencer

Drei Tage! – Warum dauert die Scheiße so lange? Warum kommen die nicht vorbei und holen mich ab? Also Karls Mama oder Karls Papa jetzt oder Karl selber eben. Die waren auch schon mal mehr auf Zack, das sage ich dir, Kumpel.

... ich hätte mit den anderen mitgehen sollen. Das wär schlauer gewesen. *Viel* schlauer wäre das gewesen. Weil die haben's nämlich geschafft. Rein in den Zug und dann ab nach Hanoi ... oder Hannover. Irgendwie so was. Auf jeden Fall haben sie's bis dahin geschafft. ... also *Ulf und Mandy* haben's geschafft. Louis, der Beagle, nicht. Den haben sie geschnappt und wieder zurückgebracht ins Tierheim. Und *der* hat mir dann eben ganz aufgeregt erzählt, wie's da am Bahnhof gelaufen ist vor drei Tagen. Und das nicht nur ein Mal ...

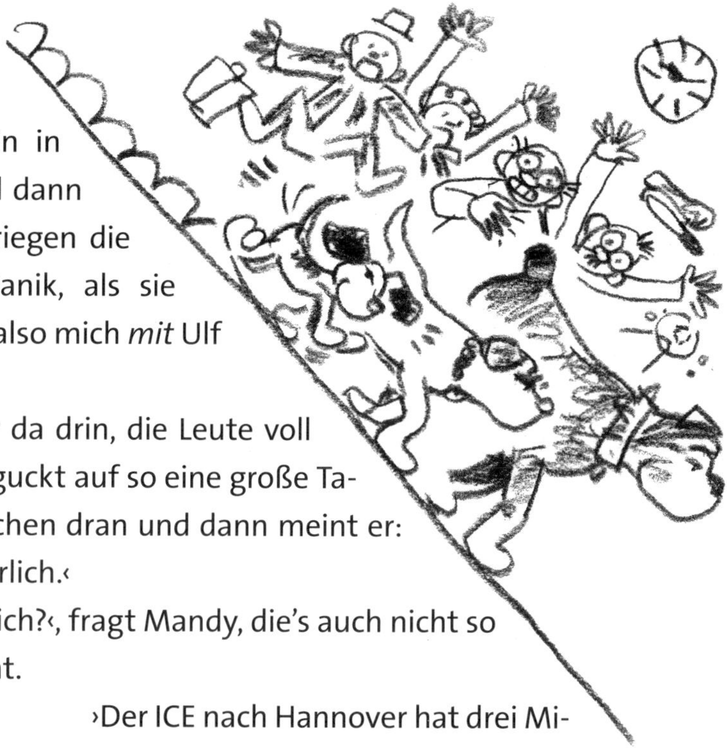

»... wir da rein in den Bahnhof und dann – ***Roooaaar!*** – kriegen die Leute voll die Panik, als sie mich da sehen ... also mich *mit* Ulf und Mandy jetzt.

Jedenfalls: wir da drin, die Leute voll panisch, und Ulf guckt auf so eine große Tafel mit lauter Zeichen dran und dann meint er: ›Das ist aber ärgerlich.‹

›Was ist ärgerlich?‹, fragt Mandy, die's auch nicht so mit dem Lesen hat.

›Der ICE nach Hannover hat drei Minuten Verspätung!‹

›Das geht okay, Alter. Da machen wir in der Zeit noch ein paar Leute klar!‹, sage ich cool und knurre voll böse in die panische Menge.

Da hatten Ulf und Mandy aber keinen Bock drauf und dann sind wir Ulf hinterher, weil der wusste, wo's langgeht, und dann haben wir da gewartet auf dem Bahnsteig, bis dann ein Zug reingerollt kam, und Ulf sagt: ›Das ist er!‹, und Mandy knurrt: ›Na, endlich!‹, und ich schiebe sehr cool hinterher: **›Das ist alles toll! Toll! Toll! Toll! Toll! Toll! Toll! Toll! Toll! Toll! Toll! Toll! Toll! Toll! Toll! Toll! Toll! Toll! …‹**

Dann steht der Zug, die Türen gehen auf und da wollen Mandy und ich auch schon reinjumpen, da sagt Ulf aber: ›Immer erst die anderen aussteigen lassen. So sind die Regeln.‹

Mandy rollt die Augen, bleibt dann aber auch stehen und dann will aber gar keiner raus durch die Tür, vor der wir alle rumstehen, und da ist Mandy dann als Erste rein und Ulf hinterher und ich dann aber gar nicht, weil ich ja auch gar nicht mehr konnte, weil mich jemand am Halsband festhielt. Erbarmungslos. Mit eisenhartem Griff.

Ich versuche mich loszureißen … und jaule auch ein bisschen, worauf Ulf und Mandy sich nach mir umdrehen und Mandy will mir dann auch noch zu Hilfe kommen, aber Ulf sagt: ›Lass ihn, Mandy. Du kannst ihn nicht mehr retten!‹, und da wissen wir *alle,* dass Ulf wie immer recht hat, und da sagt Mandy zum Abschied: ›*Hasta la vista, Beagle!,* wie der Chinese sagt.‹

›Das sagt der Spanier, *nicht* der Chinese‹, korrigiert Ulf Mandy und Mandy meint: ›Leck mich doch am Arsch!‹, und was Ulf darauf noch gesagt hat, habe ich nicht mehr verstanden, weil sich da auch schon wieder die Tür vor meiner Nase schloss und der Zug nach *Dingsbummshausen* losfuhr und …«

»... coole Geschichte, Beagle!«, habe ich zu Louis gesagt und Louis dann wieder ganz aufgeregt: »***Super***cool, Alter. – Wir da rein in den Bahnho...«

... und bevor Louis, der Quatsche-Beagle, mir die komplette Story dann *noch mal* erzählen konnte, kam Lothar aber um die Ecke gewackelt. Mit einem Mädchen neben sich.

»Fabienne! Fabienne! Fabienne! Fabienne! Fabienne!«, kläffte Louis da ganz außer sich vor bescheuerter Freude und dann ...

... war er weg, der Beagle. Mit seiner Fabienne. Und seitdem sitze ich hier alleine rum. Seit drei Tagen mindestens. Was sehr, sehr, sehr, sehr, sehr ... *seeehr* lang ist. Viel zu lang eben. Ich meine, da kann man sich schon mal so seine Gedanken machen und ...

… worüber konkret, Kumpel, erzähle ich dir ein anderes Mal alles, weil jetzt geht grad nicht, weil jetzt grad kommt Lothar um die Ecke gewackelt. Mit Karl neben sich und Karls Mama und Karls Papa sind auch dabei und Karls Schwester sehe ich auch noch und …

… Ende erst mal!

›Drei Tage! ***Drei!***
… Arschlöcher!‹

24 } Quinn

Am nächsten Morgen durfte ich übrigens liegen bleiben und musste nicht zur Schule. Eben weil es mich wirklich ganz schlimm erwischt hatte mit meiner *sehr, sehr* schweren Erkältung.

Karl und Sophia waren schon aus dem Haus, Onkel Achim und Tante Christiane standen noch vor meinem Krankenbett und Onkel Achim meinte kopfschüttelnd: »*Was* für eine Geschichte!«

Da guckte ihn Tante Christiane *ganz überrascht* an und fragte: »Welche Geschichte?«

Onkel Achim guckte erst etwas irritiert zurück, sagte lange nichts und dann aber doch noch mal: »Keine Ahnung, Schatz!«

Und damit war diese *Geschichte* für Staatsanwältin Christiane Winter endgültig abgehakt.

… also *fast* endgültig abgehakt, weil drei Tage später, heute eben, war die Gerichtsverhandlung von Albert Kretschmann. Und da wurde er dann auch verurteilt. Wegen eindeutig bewiesenem Einbruch in eine Villa. Zwei Jahre hat er gekriegt. But, my friend: Nur auf Bewährung! Günstig für ihn war, dass die Beute aus der Villa noch vollständig war. Inklusive einer Rolex im Wert von mindestens 10.000 Euro. Keine Ahnung, wie Tante Christiane es angestellt hat, aber sie hat die Rolex unbemerkt zu den anderen Beutestücken zurückgeschmuggelt.

Hätte sie ja gar nicht machen brauchen. Dann wäre es noch mal richtig eng geworden für Wiederholungstäter Albert Kretschmann. Und eine Anzeige wegen Hunde-Entführung hat sie auch nicht erstattet.

Klar, er war's nicht. Aber die Beweislage sprach deutlich gegen ihn. Mittels gefundener Hundeleine in seiner Traumwohnung.

Keine Ahnung, ob auf Fellwurst-Kidnapping tatsächlich Gefängnis steht, Fakt ist aber: Staatsanwältin Christiane Winter hätte den guten alten Albert ordentlich in die Pfanne hauen können.

Wollte sie nicht. Hat sie nicht.

Wäre einfach auch nicht ihr Stil.

… *speak of the devil!* – Wenn man vom Teufel spricht! Weil soeben höre ich, wie Tante Christianes Schlachtschiff in die Einfahrt rollt. Die Winters sind zurück. *Inklusive* Fellwurst. Die haben sie nämlich gerade vom Tierheim abgeholt. That's right, my friend: *Spencer is back!*

Das hat er übrigens mir zu verdanken. Ich hatte Tante Christiane dazu überredet, Spencer zurückzuholen, weil: *Jeder verdient eine zweite Chance!*

... die mich persönlich übrigens 60 Euro gekostet hat. Tierheimgebühren. Das war dann Karls Idee. Und Tante Christiane fand die Idee auf Anhieb gut und da musste ich die 60 Euro zahlen. Aber die waren's mir dann auch wert. Weil irgendwie würde mir die Fellwurst ja doch ein bisschen fehlen. Ich meine, solange ich noch hier bin in Gö... ... *...ttingen! **Göttingen!** So* heißt das Kaff!

Doris!